Os beneditinos

Os beneditinos

José Trajano

Os beneditinos

ALFAGUARA

Copyright © 2018 by José Trajano

Grafia atualizada segundo o Acordo Ortográfico da Língua Portuguesa de 1990, que entrou em vigor no Brasil em 2009.

Capa e ilustração de capa
Sattu Rodrigues

Preparação
Fernanda Villa Nova de Mello

Revisão
Carmen T. S. Costa
Clara Diament

Os personagens e as situações desta obra são reais apenas no universo da ficção; não se referem a pessoas e fatos concretos, e não emitem opinião sobre eles.

Dados Internacionais de Catalogação na Publicação (CIP)
(Câmara Brasileira do Livro, SP, Brasil)

Trajano, José
Os beneditinos / José Trajano. — 1ª ed. — Rio de Janeiro: Alfaguara, 2018.

ISBN 978-85-5652-057-9

1. Ficção brasileira 1. Título.

| 17-11466 | CDD-869.3 |

Índice para catálogo sistemático:
1. Ficção : Literatura brasileira 869.3

[2018]
Todos os direitos desta edição reservados à
EDITORA SCHWARCZ S.A.
Praça Floriano, 19, sala 3001 — Cinelândia
20031-050 — Rio de Janeiro — RJ
Telefone: (21) 3993-7510
www.companhiadasletras.com.br
www.blogdacompanhia.com.br
facebook.com/alfaguara.br
instagram.com/editora_alfaguara
twitter.com/alfaguara_br

Para o inesquecível Eduardo Amaral (Dudu)
in memoriam

Gostaria de agradecer aos eternos craques beneditinos Wilson Onça, Flavinho Fiuza, Luiz Cabeleira, Carlos Maura, Ivair, Salek e Marcus Aníbal. E a Lana Novikow, Rosana Miziara, Helvídio Mattos, Luara França, João Castelo Branco, Marcelo Ferroni e Octávio Costa pelas dicas e sugestões.

*O difícil não é aprofundar a solidão, é sair dela
com a vida entre os dentes.*
Aníbal Machado (*avô do craque Marcus Aníbal*)

Ando invocado!

E o que me deixa invocado é dizer que estou invocado. Ah, aí sim, fico invocado mesmo. E isso vem acontecendo com frequência. Como disse Rubem Braga, e vale para o Brasil de hoje, me sinto *"uma velha vaca atolada num brejo"*.

1

Fui um cara mais ou menos conhecido.

Quando saía de casa sempre aparecia alguém pedindo para tirar foto ou comentar alguma coisa sobre futebol.

E o Ameriquinha, hein, como vai?

Cobri várias Olimpíadas e Copas do Mundo, inclusive a de 1970, no México, quando ganhamos o tri mundial. Como escreveu Armando Nogueira, até hoje eles dão a volta olímpica no Estádio Azteca da minha infinita saudade.

Trabalhei em grandes e pequenos jornais; revistas famosas e outras que só duraram uma ou duas edições, no rádio e na televisão. Foram cinquenta e seis anos ralando. Menino de tudo, tinha dezesseis anos quando entrei pela porta da frente do *Jornal do Brasil* como repórter. Hoje, aos setenta e dois, saio pela porta dos fundos da *Voz da Mooca*, outro jornal que não deu certo.

A mocinha do RH, chorosa, devolveu minha carteira profissional dizendo que, se eu arrumasse outro emprego, teria que tirar outra, pois não havia mais espaço para registros. Acho que não vai ser preciso, já deu o que tinha que dar. Era a terceira. Parei!

Meses atrás fiz um bico como comentarista de mesa-redonda na tevê paga. Foi o meu canto do cisne na televisão. Saí de cena.

Na volta para casa, em vez de cair nos braços da galera, como de costume, caí no esquecimento. De vez em quando ainda me param na rua, dizem que me assistiam, perguntam o que estou fazendo. *Agora sou do lar*, respondo.

Viajei mundo afora, lancei livros, ministrei palestras, dei cursos, fui curador de projetos esportivos e culturais. O esporte, o jornalismo e as mulheres sempre foram minhas maiores paixões. O que seria de mim sem elas? Mas já não faço planos. Vou empurrando a vida com a barriga.

Faz seis meses que me mudei da Vila Madalena para a Mooca. Muita gente estranhou por eu ter vendido meu charmoso apartamento e alugado este onde só cabem meus discos, livros, pôsteres e três amigos que de vez em quando vêm me visitar. Falta de grana, torcida brasileira.

Cumpro rotina: vou todos os dias à padaria, tomo café no balcão, compro pão integral, peito de peru, queijo de cabra e leite de soja zero. No supermercado escolho verduras, legumes, frutas, ovos e alguma besteirinha para colocar na geladeira.

Ah, sim, e umas garrafas de vinho português do Alentejo. O gerente já me conhece, não deixa faltar.

Passo na banca do Alex para bater papo, comprar jornal e espiar as manchetes, o que sempre me deixa de farol baixo. A banca, uma das poucas que sobraram na Zona Leste, parece o muro das lamentações, uma espécie de confessionário a céu aberto. Depois das eleições, então!

Os velhinhos da Mooca se juntam ali pelas dez da manhã. Não compram jornal nem revista, folheiam as que estão expostas e resmungam contra as lacradas. O Alex não reclama, sabe que é duro viver de aposentadoria.

A saúde já não vai numa boa. Depois do infarto, sete anos atrás, coloquei stents e a vida mudou: parei de fumar, me alimento do jeito que os doutores recomendam, diminuí a cerveja e só vez em quando encaro tira-gostos e petiscos. Mas não consigo emagrecer como gostaria. Como se diz, o que faz mal é a regra, não a exceção. Faço ginástica três vezes por semana na academia do prédio. Detesto, mas não facilito. Almoço quase sempre no vegetariano ao lado de casa. À noite, janto o que a Ismênia preparou para a semana. Ela deixa um bilhetinho na porta da geladeira que é para eu não me esquecer de tirar do freezer para descongelar.

Não tenho cozinhado mais. Meu risoto de camarão fazia sucesso na Vila Madalena. O segredo é colocar um cheirinho de azeite de dendê, que perfuma e eleva o aroma quando a travessa chega à mesa.

Agora tenho tempo para ouvir música, ler, ver jogos e filmes na tevê ou no cinema e assistir a shows no Sesc. Todos os dias tomo remédio para o coração bater mais devagar, outro para afinar o sangue e um para baixar o colesterol, além de vitaminas e complexo de linhaça com óleo de peixe. Fora a dor nas costas, e de não gostar da curvatura que irremediavelmente se acentua — estou ficando corcunda —, até que estou em forma. O médico recomendou fazer pilates, mas sempre adio, preguiça pura.

De seis em seis meses vou ao cardiologista para examinar a aorta, que dilata assustadoramente, e ao urologista, para conferir se o câncer de próstata não voltou; a cirurgia deixou sequelas que superei com o tempo, a pior delas foi a falta de ereção. No último exame geral os médicos disseram que estou bem melhor nesse quesito. Agora dá para o gasto.

O que mais gosto na Mooca é de assistir às partidas do Juventus: o *Moleque Travesso* me lembra do América, meu time do coração, no tempo em que me dava muita alegria.

O estádio Conde Rodolfo Crespi — nome de um imigrante italiano, amigo de Mussolini, que fez fortuna no bairro com um enorme cotonifício — é acanhado, charmoso, tem capacidade para oito mil torcedores e lugar importante na história do futebol brasileiro. Foi ali, em agosto de 1959, que Pelé marcou o mais belo dos seus 1282 gols, de acordo com ele mesmo, aplicando três chapéus em três zagueiros antes de encobrir o goleiro Mão de Onça. Santos 4, Juventus 2.

Fiz amizade com a turma que frequenta o estádio, não com gente da minha idade, mas com moços que poderiam ser meus filhos, ou até netos. Eles são divertidos, entusiasmados com o futebol distante das tais "arenas". Estão em campanha permanente: *Ódio eterno ao futebol moderno!* Assino embaixo.

Gosto de ficar com eles. Visto uma linda camisa grená e me junto à moçada. As músicas que cantam são sacanas, espirituosas, fazem sucesso. Vem gente de longe para ouvi-los, no setor 2 do estádio, atrás de um dos gols. A música que mais curto é assim:

Olê, Juve/ aqui está a sua gente/ que te empurra para a frente/ pra te ver campeão/ Olá, grená, te sigo a todo lado/ eu sou operário/ da Mooca sim senhor.

Nos dias de jogo driblo a dieta: no intervalo me atraco com os cannolis do Antônio, doce siciliano com massa folhada, recheado com creme de baunilha ou chocolate. Depois do jogo passo na Esfiha Juventus e traço uma de queijo derretendo. Antes de voltar para casa, encosto no balcão da São

Pedro e mando ver um generoso pedaço de pizza de muçarela.

Volto empanturrado, mas feliz. São as delícias da Mooca!

Gostava de ir ao bar do Elídio nos fins de semana, jogar conversa fora enquanto me esbaldava com os petiscos. Ultimamente, com o ódio nas discussões, prefiro ficar em casa ou caminhar sozinho pelo bairro observando as pessoas, as casas, o comércio.

Ôrra, meu, eu sou da Mooca e Zé fini!

Acho que escolhi morar aqui porque lembra a Tijuca, bairro onde cresci. O Dudu, amigo beneditino carioca que morou em São Paulo, não concorda. Ele acha que o bairro de Santana, cercado pela serra da Cantareira, é o que mais se parece com a Tijuca, com toda aquela mata atlântica em volta. A Mooca, segundo ele, tem o jeitão do Méier, subúrbio onde nasci. Acho que ele deve ter razão!

A Mooca tem o Juventus, com um estádio ajeitadinho, um clube social que fervilha nos fins de semana, um sotaque especial, e eu prefiro.

Outra diversão que redescobri no bairro é jogar futebol de botão no barzinho do Antero, na Paes de Barros, a rua mais agitada do pedaço. Aos sábados um pessoal arma mesas oficiais para uma animada disputa.

Na minha época, fui craque no botão. Cheguei às semifinais dos Jogos Infantis, competição organizada pelo *Jornal dos Sports* que envolvia clubes e colégios, na categoria de onze a treze anos. Fui bom nisso e ainda me dou bem. O povo admira a leveza do meu toque. Jogo com botões vermelhos do América e uma escalação primorosa: Pompeia, Orlando (Jorge), Djalma Dias, Wilson Santos (Sebastião Leônidas) e Ivan; Amaro, João Carlos e Bráulio; Maneco, Edu e Luizinho (Alarcon), meus craques inesquecíveis. Antigamente meu botão craque era preto com listras vermelhas e se chamava Luiz, homenagem ao primo Luiz Orlando, que me deu os primeiros times de verdade, e não aqueles que as crianças ganham de presente de Natal, com botões iguaizinhos e sem personalidade. E os botões eram de tudo quanto é jeito e tamanho: coco, galalite, tampa de relógio, ficha de ônibus, feitos por nós mesmos, cada um de uma cor. Os maiores e mais pesados jogavam de zagueiros.

Verdade que hoje canso por ficar muito tempo em pé. Também não consigo me adaptar às novas regras e estou pensando em lançar a campanha *Ódio eterno ao futebol de botão moderno*. Assim como o futebol profissional está cheio de pode-isso-não-pode-aquilo, o futebol de botão também foi atingido. A começar pelo nome, para os federados não existe futebol de botão, e sim futebol de mesa.

Ora bolas, vão à merda!

Criam regras absurdas, como, por exemplo, não ter mais escanteios. Se o futebol de botão, faço questão de chamá-lo assim, foi criado para ser a brincadeira mais próxima do futebol de campo, as novas regras o afastam. Vira tiro ao alvo. O cara dá a saída, passa do meio de campo, dá um passe para um botão ao lado e chuta lá do meio da rua. Qual a graça que tem isso?

A graça na arte do botão é sair driblando, fazer tabelinhas, reproduzir ao máximo o que acontece nos gramados, mas os cartolas do botão não pensam assim. E a concorrência cruel com os jogos eletrônicos faz o futebol de botão minguar, mas mesmo assim há muito mais gente do que se imagina jogando botão pelo país afora. E não é só coisa de velho, não.

As discussões sobre as regras são um entrave. Tem gente que joga sem limite de toques, como eu, ou com no máximo três toques de cada botão, e por aí vai. Outro problema é a bola. Chegam ao cúmulo de jogar com dadinhos. Sai pra lá. Bola tem que ser redonda.

De vez em quando ligo para os filhos que moram aqui em São Paulo para marcar um almoço de fim de semana, coisa difícil de acontecer. Com o Breno porque é casado, e com João Carlos porque é solteiro. Procuro não ficar chateado. Quando a gente se encontra dá boas risadas. A gente se curte.

Tento escrever um conto, uma novela, mas desanimo logo nas primeiras linhas. Quero contar histórias, e o fôlego anda curto e preguiçoso, mas não vou desistir assim fácil. Um dia chego lá.

Telefono para algum ex-colega do *Voz da Mooca*, mas é um pessoal mais jovem com filhos pequenos, os programas não batem. Deixo pra lá.

Às vezes cruzo com o Zé Bigode, poeta, o melhor repórter do jornal, e desempregado desde que fechou. Tomamos umas cervejinhas, colocamos a conversa em dia. Zé Bigode é repórter das antigas. Fuçador, dono de precioso caderno de telefones — sim, caderno, para o caso de perder o celular. Coloca o jornalismo acima de tudo, coisa rara hoje em dia, e tem um texto primoroso.

Os amigos mais velhos andam morrendo, e eu, mais novo, sobrevivendo. Às vezes encontro uns três do tempo em que eu imperava nas redações para pôr a conversa em dia, mas a pauta não muda: desencanto com a profissão, preocupação com filhos e netos, doenças, frustração com a política…

Esquisitos esses nossos encontros, só um dos amigos ainda bebe, os outros estão proibidos.

Antigamente jornalista bebia que nem gambá! Quem não bebia nem fumava tinha de ser fora de série para ninguém olhar torto. Me nego a entrar em bar para tomar suquinho, vitamina, comer rosquinha… Ainda sou bom copo!

Mas os encontros estão rareando. Nos reunimos no meu apartamento de cinquenta e cinco metros quadrados, com sala decorada com pôsteres de Leonel Brizola, Che Guevara, Darcy Ribeiro e Frida Kahlo, cartaz do *Paris Texas* na parede com enorme foto da Nastassja Kinski, um monte de livros, discos e CDs espalhados pelo chão e toca--discos para ouvir LPs de trinta e três polegadas.

Em vinil tenho muito de Tom e Chico, passando por Sinatra, Milton, Caetano, Paulinho da Viola... até Thelonius Monk.

Adoro música instrumental. Não virei músico por total incompetência. Gostaria de ser João Donato, pela simplicidade, Edson Machado, pelo frenesi, ou quem sabe Moacir Santos, pelo talento!

Já fui metido a entender de jazz. Não como meu primo Luiz Orlando, autoridade no assunto, e o amigo Aldir Blanc, que, aliás, tem uma definição magistral à la Aldir: *Jazz é como paquerar a cunhada, passar a mão na mulher do amigo, beijar no elevador a colega de trabalho: começa leve, mas deixa cicatrizes profundas.*

Os vizinhos reclamam do som alto além da conta. Me emociono, me empolgo e geralmente chego às lágrimas ouvindo meus discos.

Para trabalhar ninguém me chama. Nem pra chefe nem pra comentarista nem pra merda nenhuma. Fazem muito bem! Também não toparia. Não tenho saco pra aguentar gentinha medíocre ensinando o que não sabe. Qualquer bundão hoje é chamado de mestre.

E esse negócio de rede social me enlouquece, não tenho Facebook, Instagram nem Twitter. Durante a última campanha política soube de gente que rompeu com filhos, melhores amigos e até saiu no tapa por causa de provocações na internet.

Adotei o WhatsApp como um jeito de ficar mais próximo dos meus filhos Francisco e Maria e das três lindas netinhas que vivem em Londres. Fui pra lá algumas vezes, e, quando eles podem, também vêm pra cá.

Ser avô à distância é pecado, maldade irreparável.

Pareço infeliz? Não, no fundo sou mais ranzinza que infeliz, e até que me acho divertido! Contudo, ainda sonho sonhos inúteis.

Minha penúltima namorada, metade da minha idade, quase colocou ponto final na derradeira chance de eu ser feliz. Dizia que sou especial, mas que a diferença de idade atrapalhava. Vivíamos tempos distintos...

Desde então havia pendurado as chuteiras e o coração, mas já tirei do armário, porque encontrei luz brilhante no fim do túnel. Moça divertida, mais nova também. Conheci Romina no Sahy, litoral norte paulista, praiazinha tranquila que no verão, lá pelas seis e meia, escancara lindo pôr do sol que chega a rivalizar com o do praticamente imbatível Arpoador. E onde a barraca da Helô e do Edinho serve as melhores caipirinhas da região. A de caju com limão é caso sério.

Mas não é fácil estar vivo!

Sou vivido. Solteiro no papel. Juntei duas vezes, com mulheres com quem tive filhos, e dividi teto rapidamente com outras três namoradas.

Com Regina, minha amiga até hoje, foram dois filhos, os que moram em Londres. Com Celina tive João Carlos, e havia o Breno, filho de seu primeiro casamento. Moramos juntos até que um câncer no cérebro estragou tudo, e ela sugeriu a separação dizendo que era injusto vivermos com expectativas de vida diferentes e que eu deveria tocar a minha sem remorsos.

Celina morreu uns cinco anos depois da separação. Com o tempo absorvi o desfecho.

Amei quase todas as mulheres que passaram pela minha vida e mantenho amizade com a maioria delas. É bom sinal. Sinal de caráter, acho eu.

Morei em Rio das Ostras (com a mãe, depois que me separei de Regina); Londrina (para participar da criação do jornal *Panorama*); Salvador (na casa do mestre Sérgio de Souza, um dos maiores jornalistas do país); Penedo (por um breve período como assessor do prefeito de Resende, interior do Rio); Roma (jogo rápido, com uma namorada); Florença (na casa do amigo Sócrates, um dos sujeitos mais generosos que conheci; ele jogava na Fiorentina e me abrigou); e Londres (para ficar perto dos filhos). Estou em São Paulo há quarenta anos, mas nunca deixei de ser carioca.

2

Num desses dias quentes e chuvosos de dezembro, estava na avenida Paulista, na sala de espera do dr. Américo, meu dentista desde que cheguei a São Paulo. Agora ele tem mais de oitenta anos e só atende a pacientes antigos como eu. Pego uma revista para folhear e dou de cara com a seguinte nota de pé de página: *Será em Londres o primeiro mundial de* walking football.

Opa! Quase caí da cadeira!

O campeonato mundial será disputado pela primeira vez em setembro do próximo ano, com a participação de jogadores de várias faixas etárias. A que reúne os mais velhos é a acima de sessenta e cinco anos. Gente do mundo inteiro já manifestou interesse, inclusive do Brasil.

A organização do campeonato espera a presença de mais de cem times de várias partes do mundo. A maioria das equipes inscritas até agora reúne antigos colegas de escola.

O walking football *virou moda na Inglaterra, onde existem mais de seiscentos times. A grande novidade é que a modalidade foi idealizada para pessoas idosas — os jogadores não correm, apenas andam com a bola —, porém, devido ao grande interesse, as regras foram modificadas, ampliando-se para todas as faixas etárias.*

Outro dia, mexendo numa caixa com fotos antigas, encontrei uma meio estropiada do inesquecível São Bento Futebol Clube. Fechei os olhos e vi o time da minha infância disputando o mundial de *walking football* na categoria acima dos sessenta e cinco anos. Tentei imaginá-los velhos, não consegui. Enxerguei-os ainda meninos no pátio do colégio, trajando calça curta cinza e blusa azul, entrando perfilados na sala de aula.

Sei que vão implicar com o nome, *walking football,* mas é assim que os caras lá chamam. *Football* não é invenção dos ingleses?

Então, pensei, *por que não disputamos esse torneio?* Teríamos meses para nos preparar.

O negócio era ir atrás da velha turma. Como eles estariam? Alguém já teria morrido? Seriam velhinhos caquéticos que mal podem andar? Talvez fosse a última chance de irmos à forra do pessoalzinho do Santo Inácio, nossa eterna pedra no sapato. A gente ganhava de todo mundo, menos dos caras. Era necessário arranjar um jeito de provocá-los, de estimulá-los para irem a Londres disputar o torneio contra a gente. Assim, poríamos em pratos limpos essa diferença atravessada na garganta durante cinquenta e tantos anos.

Fiquei tão excitado que nem reclamei do motor do dentista. Contei a ideia da viagem para o dr. Américo, que disse querer ir junto. Confidenciou que sempre morreu de inveja do colega Mário Trigo, dentista da seleção brasileira campeã do mundo nas Copas de 1958 e 1962. Fato inédito uma delegação levar um dentista em duas Copas do Mundo. Como Mário Trigo era bem-humorado, quando não havia o que fazer contava piadas para distrair os jogadores.

Deixa comigo, disse ele, morrendo de rir, *levo uns quilos de pó de corega para colar as dentaduras. E, ainda por cima, também tenho bom repertório de piadas.*

A tarefa não seria fácil. Mais de meio século me separava da turma. Não sabia como encontrá-los, e duvidava que tivessem Facebook, que eu também não tinha. Mesmo assim, resolvi tocar a empreitada, ir atrás do pessoal que estudou e jogou futebol junto nos anos 1960.

Falei poucas vezes por telefone com o Dudu, e, quando eu trabalhava numa redação de televisão, ele, que era engenheiro aeronáutico, veio a São Paulo a serviço da Anac e me visitou. O Wilson Onça era patologista, e um amigo em comum sempre me passava informações sobre ele. Estive com Ivair quando Darcy Ribeiro foi candidato a governador, depois disso xeretei alguns textos na internet sobre sua atividade acadêmica como professor de filosofia. Sobre Marcus Aníbal, o Dudu, que era seu grande amigo, me dizia como andava. E do Maura sabia pouca coisa, apenas que era engenheiro da Petrobras.

A ideia de disputar o torneio com antigos colegas mexeu comigo. Viajar no tempo, reencontrar os caras da infância, ressuscitar o São Bento Futebol Clube e ir à forra com o Santo Inácio passaram a ser as coisas mais importantes do mundo, alento para a vidinha irritadiça e sem graça que andava levando. O torneio em Londres caiu do céu. O ar no Brasil estava irrespirável.

De que adiantou viver tanto, me perguntava?

Para ter muita experiência, alguém poderia dizer.

Agora não está me servindo para nada, respondia a mim mesmo.

Vem a lembrança da frase do Millôr: *Qualquer idiota consegue ser jovem... É preciso muito talento para envelhecer.*

Talvez eu não tenha esse talento. Ou será que tenho?

O time era sensacional, quase invencível! Quase...

O uniforme (meias, calção e camisa, inexplicavelmente de mangas compridas) era todo branco em homenagem ao Santos de Pelé e Pepe, e ao Real

Madrid de Di Stéfano e Puskás, os grandes times da época. As más línguas diziam que era tributo ao modestíssimo São Cristóvão, de Genivaldo e Santo Cristo.

Com o nome óbvio de São Bento Futebol Clube, a condição para pertencer ao time era ser aluno do São Bento, o colégio católico da rua Dom Gerardo, 68, praça Mauá, zona portuária, vizinho dos bairros da Saúde, Gamboa e Santo Cristo, e fincado no alto do morro de São Bento, de onde se contempla a mais bela vista da baía de Guanabara.

A visão de cima do morro emociona. A baía se revela quase por inteiro. Paul Gauguin se impressionou com a luminosidade do lugar, Debret e Rugendas a destacaram em gravuras, Charles Darwin caiu de quatro por ela e o jesuíta José de Anchieta se derramou em versos. *A mais airosa e amena baía que há em todo o Brasil*, escreveu ele no século XVI, sem imaginar que séculos e séculos depois, sem perder a beleza, a baía estaria poluída, coberta de lixo e esgoto.

O morro de São Bento abriga o mosteiro, a igreja de Nossa Senhora de Montserrat e o centenário colégio, fundado em 1858. Havia dois prédios, um feioso, onde a turma do ginásio e científico ocupava dois de oito andares (os demais eram alugados à Bayer, gigante farmacêutica alemã), e outro, antigo e gracioso, coladinho à igreja e ao mosteiro, onde estudavam os alunos do primário e do admissão.

Mas o Colégio São Bento mudou bastante. Desde 1971 funciona em modernas instalações na encosta do morro, com piscina, auditório, salas de conferência e de música, ampla biblioteca, laboratórios, quadras poliesportivas, ginásio para basquete, vôlei, handebol e futsal, coisas impensáveis na nossa época. O velho prédio colonial foi destruído, verdadeiro atentado à arquitetura do lugar.

Antigamente o São Bento Futebol Clube jogava sempre fora do colégio, e só pisava no campinho torto de areia no cocuruto do morro nas peladas de brincadeira. Não sei explicar por quê, talvez para não entrar em conflito com o time oficial.

Só quem gozava do privilégio de vestir a camisa do time oficial do colégio, azul-escura com faixa amarela no peito, igualzinha à do Boca Juniors, eram os craques Wilson Onça, Flávio Fiuza, Marcus Aníbal e, vez em quando, Luiz Cabeleira e Mário Benício.

Não me lembro exatamente da última vez em que o São Bento Futebol Clube entrou em campo, pelos meus cálculos deve ter sido há uns cinquenta e sete anos.

Eu não estudava mais no colégio, já trabalhava como repórter no *Jornal do Brasil*, mas continuava acumulando a função de técnico e lateral direito, às vezes zagueiro central, quando fazia dupla de área com o Dudu, deslocando o Mário Benício, o quarto-zagueiro, para a cabeça de área.

Comecei a trabalhar quase menino. Achava um barato conviver em uma redação de jornal, ainda mais no *Jornal do Brasil*, o mais badalado da época, onde brilhavam os grandes nomes da imprensa.

Larguei o colégio no finzinho do primeiro científico, quando ia levar bomba em matemática e física. Me transferi para uma escola noturna na Tijuca, conhecida como *boate* ou *pagou passou*. Nem sei como meu pai, invocado e austero, permitiu que isso acontecesse. Consegui estágio no jornal graças ao primo Luiz Orlando, que trabalhava ali como repórter. Naquela época não precisava ter diploma. Minha faculdade foram as redações por onde passei.

3

Coincidência absurda. Recebo e-mail do Luiz Heráclito, antigo companheiro de classe, que mesmo sem habilidade jogava com muita raça de ponta-esquerda. Ele é encarregado, junto com o Gabriel e o Solano, de enviar convites para o jantar de confraternização dos ex-alunos beneditinos que acontece todo final de ano. Eu não dava muita bola, principalmente por morar longe, mas dessa vez o coração bateu mais forte.

Não sei se você recebeu, talvez não, porque não deu resposta. Reforço o convite para que faça parte do nosso jantar anual, desta vez muito especial: vamos comemorar cinquenta e quatro anos de formatura. Mesmo você não se formando com a gente, é sempre lembrado com enorme carinho. Ainda dá tempo.

Terça-feira, dia 22, a partir das 20h. Local: Iate Clube, Salão B do restaurante.

Sócio Anfitrião: amigo do Gabriel.

Menu: pode ser escolhido um dos três pratos abaixo:

Peixe: Cherne à Bela Vista c/ purê de maçã e batatas noisette. Molho Bela Vista: amêndoas, camarões e uvas verdes;

Carne: Medalhões de filé-mignon c/ creme de espinafre e batatas noisette ou c/ risoto de funghi;

Massa: Penne caprese c/ molho de tomates frescos, muçarela de búfala e manjericão.

Vinho: Tinto — Nieto Senetiner (MALBEC/ARGENTINA) ou

Branco: Corte Giara (PINOT GRIGIO/ITÁLIA)

Rateio geral estimado em R$ 155,00 (cento e cinquenta e cinco reais) por pessoa, incluídas as bebidas e sobremesas.

Respondi rapidamente.

Claro que estarei lá, Luiz. Inclusive tinha a intenção de encontrar colegas do São Bento Futebol Clube. Quanto às escolhas do menu, fico com o cherne à Bela Vista, aquele com molho de amêndoas, camarões e uvas verdes e batatas noisette. Prefiro o vinho tinto, não suporto vinho branco nem para acompanhar o peixe. Grande abraço e até.

Ansioso para encontrar com a velha turma, comprei passagem de ônibus, porque não gosto de avião, e me mandei, instalado na poltrona número três. Nela, como na de número seis, não senta ninguém ao lado. Dá para esticar as pernas, ler jornal e revistas sem atrapalhar o vizinho.

Achei que teria tempo durante a viagem para organizar as ideias, mas o filme que passou pela minha cabeça durou mais do que as seis horas que o ônibus demorou para percorrer a Dutra de São Paulo até o Rio.

Antes de tudo, quis ficar um tempo sozinho, sem procurar ninguém. Hospedei-me em um hotel em Ipanema e fiquei lá dois dias, tentando recordar com precisão detalhes dos antigos companheiros: os rostos, os trejeitos, as vozes, as histórias de cada um. Mas tinha receio.

Lembrava de artigo do craque e amigo Tostão na *Folha de S.Paulo*: *Nossas lembranças costumam ser as afetivas e as convenientes. Lembramos as coisas boas, e as ruins são jogadas para debaixo do tapete da memória, até que, um dia, os fantasmas renascem para perturbar nossas vidas.*

Precisava me preparar para encontrá-los enrugados, carecas, nada parecidos com os meninos da fotografia de 1961 que tinha em mãos. A foto, tirada antes do jogo contra funcionários dos Correios num campinho furreca nas quebradas de Campo Grande, mostrava, em pé, eu, Dudu, Salek, Ivair, Mário Benício e Sica; acocorados, Carlão, Wilson Onça, Nove, Maura e Cabeleira. Não era o time titular, faltavam Marcus Aníbal e Fiuza, dois fora de série.

Fuçando na internet achei o telefone do Dudu, que havia perdido. Antes de ir ao jantar no Iate Clube, decidi sair a campo e passar no colégio para descobrir se havia uma forma de contato com alunos antigos. Desci do táxi na avenida Rio Branco e caminhei a passos lentos até o São Bento, iniciozinho da rua Dom Gerardo. Não reconheci quase nada. O velho prédio que a Bayer costumava alugar estava abandonado. O nosso velho colégio de guerra desaparecera quase por completo. Fiquei abatido e faltou pouco para não dar meia-volta e regressar a São Paulo, deixando de lado a ideia de jogar *walking football.*

Através da associação dos ex-alunos consegui o telefone do Wilson Onça, porque o filho dele, o Accioly, é craque dos torneios que realizam entre os ex-alunos mais jovens. Saí deprimido.

Desconfiava que a história do São Bento Futebol Clube havia começado depois de uma missa obrigatória, no último domingo de cada mês, na igreja de Nossa Senhora de Montserrat. Como sempre, a gente não via a hora de a missa acabar e se mandar para o refeitório, quebrar o jejum engolindo rapidamente café com leite, pão com manteiga, e correr para o campinho para jogar futebol.

A missa demorava. Arrastada e ministrada em latim, fascinava pelos sons graves dos enormes tubos do órgão do século XVII e do comovente canto gregoriano dos monges. Até o padre dizer *Ite, missa est*, levava uma eternidade.

Na badalada missa era comum encontrar gente famosa, como a compositora e cantora Dolores Duran, de quem sempre fui fã, que saía direto das boates onde se apresentava para se encantar com o canto dos monges.

Além dos fiéis habituais, a igreja recebia turistas, que tiravam fotos das paredes rococó revestidas de ouro vinte e quatro quilates; dos pisos de mármore; das lajes de granito; dos lustres pesadíssimos; das talhas e forros de jacarandá-preto, ipê-macaco, cajarana, canela-cravo; dos quadros e painéis de respeitados pintores dos séculos XVII e XVIII espalhados até no teto; e dos lampadários construídos por mestre Valentim, tudo distribuído em nove capelas laterais e no suntuoso altar-mor. A gente se divertia com a turistada afobada e barulhenta.

O cheiro de incenso e das velas acesas, o ranger dos bancos e o barulho constrangedor dos fiéis no senta-levanta-ajoelha me incomodavam. Vivia enorme contradição, espécie de *Me segura que eu quero ir embora.*

Em jejum para comungar, no meio da missa a fome apertava, a barriga roncava. A impaciência dos alunos era visível, e começava um zum-zum com caretas e risinhos abafados. O mais indócil e cínico era o Maura, que, baixinho, cara de menininho e ainda por cima bom aluno, comandava a bagunça sem que nenhum monge desconfiasse.

Detestava ser obrigado a contar os pecados ao padre.

Que pecados?

Às vezes eu pensava em inventar um improvável, tipo, *Dei uma surra na minha mãe,* só para sentir a reação: Gritos? Desmaio? Voz de prisão?

E nem a pau contava prazeres inconfessáveis, como ter ido à Casa Rosa e me masturbar no chuveiro.

Apesar do resguardo, do mistério, sabíamos, pelo hálito e pela voz, quem era o padre do confessionário. Não seria mais fácil se explicar diretamente aos Céus, sem intermediário? Em vez de esperar a penitência de não sei quantas ave-marias e padre-nossos, o acerto direto seria mais tranquilo. E sem hálito azedo no rosto.

4

Lembro vagamente que, depois de uma dessas missas de domingo, chegamos ao campinho e encontramos os caras do time oficial prontos para enfrentar não sei quem. Teríamos que esperar horas para jogar. Não avisaram nada sobre o jogo. Sempre avisavam.

Irritados, frustrados, decidimos ali mesmo organizar um time para jogar fora do colégio, para que não acontecessem mais coisas assim.

Dudu, o Eduardo Amaral, clássico zagueiro central, melhor no jogo aéreo do que no chão, e que gastava horas desenhando times de futebol nos intervalos das aulas, tem versão mais romântica, mais confiável do que a minha. Ele anotava tudo num caderninho, como um livro de memórias.

... em partida disputada com bola de meia (costurada pela tia do Salek, uma especialista) no estacionamento dos ônibus escolares, desafiamos os bambambãs do time oficial e ganhamos deles por 1 a 0, gol do Molinari. As traves eram nossas pesadas

pastas. Com a vitória histórica, comemorada com a meninada da quinta série e primeiro ginasial, ganhamos confiança para fundar o São Bento Futebol Clube.

Dudu continua:

Sofríamos gozações do pessoal do time oficial, hoje chamam isso de bullying. O pior deles era o goleiro Manoel (versão infantojuvenil do Emerson Leão, porque vivia reclamando da defesa e nunca assumia a culpa dos gols que tomava).

O Trajano e eu decidimos montar um time para desafiá-los. Uma enorme pretensão que deu certo! Trajano armou o time na retranca e o Molinari fez o gol da vitória, isolado na frente, cara a cara com o Manoel.

Foi o ponto de partida para montar o nosso São Bento Futebol Clube, que nasceu também da forte amizade que nos unia — eu, o Ivair, o Trajano e o Maura.

Mas para fazer um esquadrão de verdade era necessário injetar a qualidade que Mário Benício, Luiz Cabeleira, Marcus Aníbal, Wilson Onça e o Flavinho Fiuza tinham de sobra. Toparam na hora. Isso lá pelo início dos anos 1960.

A verdade é que a gente mais gostava de futebol do que sabia jogar.

Contar com o Fiuza, muito solicitado para jogar vôlei, futebol de praia e salão, seria complicado. Com o Marcus Aníbal também, mas, como era muito chegado, havia esperança.

Com o Wilson Onça, fominha, seria fácil: poderia tranquilamente jogar pelo São Bento e por outros times no mesmo dia.

A vida seguiu, e o Trajano, mesmo tendo saído do colégio e trabalhando como repórter no Jornal do Brasil, *continuou como treinador (estrategista) e jogador do São Bento Futebol Clube.*

O salão B do sofisticado Iate Clube, lugar privilegiado à beira da baía de Guanabara, enseada de Botafogo, fica de cara para o Pão de Açúcar. A vista da varanda é deslumbrante.

No salão reservado só estávamos nós, vinte e cinco senhores comportados, carecas ou de cabeças brancas, em torno de uma mesa comprida no fundo do restaurante, pertinho da saída da cozinha.

Apesar da tristeza pelas ausências do Nelson, Mário Benício, Resemini e Zollof, que morreram durante o ano, todos pareciam felizes com o reencontro. Luiz Heráclito me recebeu com forte abraço. Wilson Onça veio logo dizendo:

Você é o mais feliz de todos nós.

Por quê?, perguntei curioso.

Porque você faz exatamente o que mais gostava de fazer no colégio. Fala de futebol, comenta futebol, vive de futebol. Só não é técnico... Não é uma alegria viver assim?

Não sei se sou o mais feliz, mas sempre procurei fazer o que mais gosto. Só que agora...

Wilson Onça me surpreendeu. Mantinha físico invejável para setenta anos, mas estava completamente careca. A empolgação e a gentileza eram as mesmas dos tempos de menino. Nelson, um dos quatro que se foram, oficial reformado da Marinha, era o único militar, que reunia a turma no sítio dele em Itaipava para jogar bola e fazer churrasco. Gordinho, foi bom goleiro, apesar da pouca elasticidade. Com a morte do Nelson, pensei, *vamos ter apenas o Salek para o gol*, porque o grandalhão Manoel nunca dá as caras e o Peltier foi goleiro apenas no primário.

Mário Benício jogava muito bem. Versátil, podia atuar como zagueiro, apoiador e até goleiro. E também jogava basquete e vôlei. Médico, morreu de hidrocefalia depois de muito sofrimento. Vai fazer uma tremenda falta. Resemini sofreu ataque cardíaco fulminante. Boa gente, simpático, se dava bem com todo mundo e era reserva para qualquer posição. Espécie de Lima, famoso jogador do Santos. Tinha a virtude de ser um curinga exemplar, desses que não se importavam em ser escalado no ataque ou na defesa. E era o aluno mais organizado da turma. Na véspera de alguma prova costumava emprestar seu caderno, que, com letra impecável e anotações preciosas, funcionava muito melhor do que qualquer cola.

Curiosamente, sem combinar, a turma do São Bento Futebol Clube se instalou em um canto da mesa: Dudu, Marcus Aníbal, Fiuza, Luiz Cabeleira, Salek, Wilson Onça, Carlão e Nove. O Carlos Roberto, o Nove, centroavante, foi o único que levou vida afora o apelido — o número da caderneta. Claro que, como médico, é chamado de Carlos Roberto, mas para os colegas beneditinos é o Nove, simplesmente.

Entornei o Malbec Nieto Senetiner sem cerimônia. Quis ficar mais relaxado, mais engraçado, quebrar o formalismo. Não encontrava os caras havia muitos anos. Funcionou! Não parei de contar causos hilários.

O Maura, como foi dos primeiros a chegar, se acomodou no centro da mesa ao lado do Ivan Pereira, tremendo perna de pau. Gostaria de ter conversado mais com ele, mas não deu tempo. Maura aproveitou para se queixar do Ivair, nosso lateral esquerdo, que tinha a extravagante mania de dar carrinhos nos ponteiros que marcava, sempre sem o menor sucesso.

O Ivair sempre foi diferente. Muito inteligente, desde criança falava de coisas que a gente não entendia direito, mesmo assim era um dos amigos mais enturmados e um dos quatro fundadores do São Bento Futebol Clube. Já o convidamos várias vezes para o jantar de fim de ano e ele nega fogo. E é um respeitado professor de filosofia, diz que o reencontro é perda de tempo.

Maura, gordinho e baixinho, era excelente volante marcador. Valente, sem medo de cara feia, jogava à frente dos zagueiros. Espero contar com ele em Londres. Continua gordinho, do mesmo jeito. Conserva também o mesmo olhar esperto e assombrado.

Apesar da língua solta, guardei segredo sobre o campeonato de *walking football*, fiz suspense: disse que tinha uma surpresa, mas só revelaria em outro encontro, imediatamente marcado para dali a três dias, apenas com o pessoal do futebol. Abrir a história para quem nunca deu bola para o São Bento Futebol Clube quebraria o encanto, não tinha graça.

Marcus Aníbal sugeriu o local, o clube alemão Germânia, na Gávea, ele é da diretoria. Lugar lindo que faz parte da floresta da Tijuca, no alto de uma ladeira, pouco acima do exuberante Instituto Moreira Salles.

O jantar chegou ao fim com promessas de encontros semestrais dali em diante. A maioria, aposentada, fica procurando o que fazer. Entrar em grupos de WhatsApp e trocar mensagens é uma das diversões.

Ivan Pereira, Luiz Cabeleira e eu quisemos espichar o papo e encerramos a noite enxugando alguns chopes no Lamas, no Flamengo. O Ivan não se conformava com o fato de o colégio não admitir meninas e de empregar alguns protegidos como professores ou inspetores de disciplina. Trôpego, voltei para o hotel em Ipanema. Desmaiei imediatamente na cama e sonhei com a minha infância.

5

Cheguei ao Colégio São Bento no quarto ano primário, em 1956, com nove anos de idade.

Na época a calça era curta e os sapatos engraxados. A jovem mãe, espavorida, providenciava para que nada faltasse: a pasta de couro com os cadernos encapados e etiquetados, Atlas, lápis pretos Fritz Johansen apontados e colocados no estojo com escudo do América, apontador, borrachas, réguas, caneta Sheaffer, livros de português, matemática, francês, e um tinteiro.

Semi-interno, não levava lancheira. Entrava às sete e meia da manhã e voltava para casa no fim da tarde, às vezes de noitinha. Almoçava e lanchava no colégio. O almoço era bem cedo, antes do meio-dia, no gélido refeitório do mosteiro, e o lanche, na cantina do pátio do recreio, onde formávamos filas para comprar Ginja Cola, Sustincau, Coca-Cola, Guaraná Petiz, Grapette e Crush, deliciosos sonhos e sanduíches de queijo e presunto que o irmão Lino vendia. Ele não era monge, mas vivia no mosteiro desempenhando pequenas tarefas.

O uniforme — calça curta cinza e camisa azul-clara, emblema amarelo e vermelho no bolso com imagem de um leãozinho segurando um báculo, espécie de cajado papal, simbolizando a virtude da coragem — foi comprado na Colegial, a mais famosa casa do ramo, no largo de São Francisco, em frente à ótica Lutz Ferrando e à confeitaria Manon. Os sapatos pretos eram Vulcabrás, com sola de borracha, e as meias, brancas. A pasta de couro custou caro na Casas Mattos, *a amiga número 1 dos estudantes do Brasil,* em frente ao prédio do Instituto de Educação, na Tijuca. Minha mãe sempre recomendava que tomasse cuidado com ela.

Do primário ao primeiro ginásio eu ia para o colégio no 2, velho ônibus pintado de azul-escuro. O motorista se chamava Rubens e o inspetor, Tarcísio. O 2 levava os alunos que moravam na Tijuca (a maioria), Grajaú, Vila Isabel, Maracanã e Méier. A turma da Zona Norte. Os mais pobres, vamos dizer assim.

O Rubens, negro magro e simpático, cultivava bigodinho fino, que penteava vaidosamente olhando-se no espelhinho retrovisor enquanto dirigia. Torcedor fanático do Fluminense, enfeitava o painel com flâmulas e bonequinhos do tricolor. Na segunda-feira, se o Fluminense tivesse vencido na véspera, passava a viagem pegando no pé de quem torcia contra. Era divertido!

Seu Tarcísio, carrancudo, corpulento, careca, tinha cara redonda e gorda. Suava em bicas. Estava sempre enxugando o pescoço com um lenço. Foi o segundo torcedor do São Cristóvão que conheci (além dele, havia Benilton, primo de minha mãe e sobrinho da vó Jandira, dono de oficina mecânica ao lado do estádio de Figueira de Melo, onde o pai levava o Ford Prefect para consertar). A única semelhança entre Rubens e seu Tarcísio era o bigodinho fino. Seu Tarcísio também trabalhava como inspetor.

Eu me dava bem com ele porque gostava do São Cristóvão, espécie de segundo time para mim. Várias vezes meu pai me levou junto com o Benilton para acompanhar, no mirrado estádio de Figueira de Melo, um ataque espetacular: Hélio Cruz, Sarcinelli, Genivaldo, Santo Cristo e Wilson. Hélio Cruz e Genivaldo jogaram depois no América.

Eu torcia para o Fluminense, e virei América pouco antes de entrar no São Bento. A paixão pelo clube americano surgiu quando aos oito anos me mudei do Catumbi para a Tijuca, rua Afonso Pena, vizinho à sede do América. O prédio era baixinho e, do apartamento, no terceiro andar, dava para ver hasteada no mastro a enorme bandeira vermelha do América, que parecia acenar só para mim, num afetuoso gesto de boas-vindas.

No ano anterior ganhara um enorme escudo grená, verde e branco do seu Laís, amigo de um tio e tricampeão carioca em 1917, 1918 e 1919 pelo tricolor. Ele distribuía penduricalhos para a criançada virar Fluminense. Devia ter devolvido depois que virei casaca. Guardei com carinho durante anos as cores grená, verde e branco até elas desaparecerem.

Os chefes da disciplina no São Bento eram seu Aristóteles, um dândi que adorava perfumes e era responsável pelos alunos do primário, e seu Gouvêa, que cuidava da turma mais velha do ginásio e do científico.

Seu Gouvêa foi professor de matemática até 1923. Baixinho, gordinho, pouco riso, fazia a gente tremer de medo. Contava, orgulhoso, que muitas vezes pôs o aluno Noel Rosa de castigo ou o mandou por indisciplina para o gabinete do reitor d. Meinrado.

Seu Aristóteles usava ternos justos e lenço de seda colorido no bolso do paletó. Quando ficava nervoso, o que acontecia toda hora, o rosto avermelhava e virava chacota entre os alunos. Afeminado, nunca se soube que tenha bolinado alguém no colégio.

O craque Heleno de Freitas, Noel Rosa, Pixinguinha, Villa-Lobos e Lamartine Babo haviam passado por lá décadas antes, quando os estudantes do São Bento eram chamados de *gafanhotos sem bunda* por causa das iniciais GSB, do Grêmio São

Bento, no emblema bordado no uniforme cáqui. O traje completo ainda tinha dólmã (espécie de túnica militar) abotoado até o pescoço, perneiras pretas, culote e quepe assentado na cabeça.

Contava-se que Noel jogava futebol, ao contrário do que se imagina, por ser franzino e muito magro. Aos domingos, depois da missa obrigatória, participava de animadas peladas.

Lamartine, mais tarde apaixonado por futebol e pelo América, nem chegava perto do campo irregular por causa da curvatura do morro. Assim como Pixinguinha, músico precoce, que tocava na orquestra de rancho Filhos da Lavadeira e na Choperia La Concha, e o genial maestro Villa-Lobos, que não tinham tempo para jogar bola, atracados com a música desde cedo.

Já Heleno, ídolo do Botafogo, Vasco, Boca Juniors e Junior de Barranquilla, escapulia do colégio para jogar futebol de praia no Botafoguinho, em Copacabana, ao lado de João Saldanha, Neném Prancha e Sérgio Porto, o Stanislaw Ponte Preta.

Eu não via a hora de encontrar a turma no clube alemão, queria logo expor os planos, falar de cada detalhe, mas estava receoso com a repercussão. Será que iriam achar uma boa disputar um torneio de *walking football*? Jogar no São Bento Futebol Clube foi tão forte e inesquecível para eles como foi para mim? Ainda queriam esganar e amassar os caras do Santo Inácio? Estavam com preparo físico para encarar a aventura?

Minha namorada Romina me incentivava. Ela me encontrou no Rio e, enquanto almoçávamos na bucólica Urca, olhando para a baía pelo lado contrário de onde foi o jantar com os velhos colegas, disse:

Vá em frente, você está super em forma, mas abatido demais com as coisas que estão acontecendo no país. Vai fazer um bem imenso para você.

Resolvi então esmiuçar para ela algumas histórias dos tempos beneditinos. Interrompi o relato várias vezes, emocionado, com lágrimas nos olhos. O almoço durou horas. O pessoal das outras mesas ouvia interessado. Eu falava alto, empolgado.

No ginásio, usávamos calça comprida e íamos para o colégio de bonde, ônibus ou lotação. Alguns eram levados de carro pelos pais e outros, os mais endinheirados, chegavam de Mercedes-Benz conduzidos por motoristas uniformizados, com quepe na cabeça e tudo o mais.

Eu pegava o bonde 75, o Lins de Vasconcelos, um dos maiores que circulavam pela cidade e que vivia lotado de estudantes do Colégio Militar, os *cachorrinhos matriculados*, da Escola Técnica, das cobiçadas normalistas do Instituto de Educação e da turma do Pedro II.

Entre os companheiros inseparáveis, fundadores do São Bento Futebol Clube, eu, Dudu, Ivair e Maura, só eu era da Zona Norte. Dudu morava em Ipanema, Maura no Flamengo e Ivair nas Laranjeiras. O nome completo do Ivair chamava atenção: Ivair Coelho Lisboa Nogueira Rademaker Itagiba Filho. Desde cedo se diferenciava dos demais pela inteligência. Lia livros diferentes do que o colégio recomendava e se orgulhava de ser neto de uma poetisa. O melhor aluno da nossa turma era o Maura, a um passo de virar CDF. Dudu ganhava boas notas em desenho, física e matemática, Ivair era bom em português e ciências, e eu me dava bem em história e passava raspando nas outras matérias.

Divertido era subir no 99, o Meyer-Praça Mauá, bonde menor e mais charmoso, que fazia um trajeto maneiro passando pela porta do Pedro II. O ponto final ficava na frente do edifício do *A Noite*, sede majestosa do famoso diário, que na época diziam ser o mais alto arranha-céu do mundo, com vinte e dois andares e fachada em art déco.

Nos andares mais altos funcionava a Rádio Nacional, a poderosa PRE-8, uma das mais potentes do planeta e de onde eram transmitidos os mais famosos programas radiofônicos.

Não existiam os Beatles, os Stones nem a Jovem Guarda, mas Elvis Presley era o rei do rock. Bill Haley e seus Cometas, Paul Anka, Ray Charles e Neil Sedaka arrebentavam. Surgiam novos ritmos: o twist (com Chubby Checker), o calipso (com Harry Belafonte), o chá-chá-chá e o *hully-gully*, que a gente procurava aprender a dançar para fazer bonito nos bailinhos.

No rádio ouvia-se muito samba-canção e a recém-chegada bossa nova de Tom, Vinicius e João Gilberto.

A jovem de Taubaté, Celly Campello, estourava com "Estúpido Cupido" e "Banho de lua", e de fora chegavam com estardalhaço Rita Pavone, com "Datemi un martello", e Brenda Lee, com "Jambalaia". Os bailes nos clubes eram embalados ao som dos discos de Ray Conniff.

A televisão engatinhava. Não existia a tv Globo, os canais da época eram tv Rio, tv Tupi (a pioneira, com estúdios na praia da Urca no antigo Cassino), tv Continental e tv Excelsior.

Sábado, depois da aula matinal, Maura, Dudu, Ivair e eu conseguimos enfim ir ao programa do César de Alencar, pegamos senhas na portaria da rádio durante a semana. Morríamos de curiosidade. Do pátio do colégio, principalmente aos sábados, quando tínhamos aulas apenas pela manhã, passamos anos ouvindo a gritaria que partia dos programas de auditório. Firmamos compromisso de um dia assistir a um deles.

Às três da tarde, ansiosos e deslumbrados, estávamos sentadinhos nas poltronas de couro na última fila do auditório. Os acordes da orquestra do maestro Chiquinho abriram a jornada, estimulando a plateia de umas quinhentas pessoas a cantar o jingle do programa:

Esta canção nasceu pra quem quiser cantar
Canta você, cantamos nós, até cansar.
É só bater e decorar. Pra recordar vou repetir o
seu refrão
Prepare a mão (palmas), bate outra vez (palmas)
Este programa pertence a vocês!

Éramos praticamente os únicos rapazes da plateia, repleta de moças histéricas. Elas gritavam, batiam os pés no assoalho, cantavam e choravam junto com os ídolos. Envergonhados, apenas aplaudíamos.

César de Alencar, homenzarrão orelhudo, calça branca, camisa de linho rosa e sapatos bicolores, comandava a zorra com maestria. Ele foi alcaguete durante a ditadura militar e dedurou colegas como Mário Lago, Jorge Goulart e Nora Ney. Vez em quando, a orquestra parava de tocar e locutores, como o da voz de veludo Afrânio Rodrigues, liam mensagens dos patrocinadores.

A primeira atração foi Romário, o homem-dicionário. Famoso pela memória prodigiosa, surgiu de camisa de seda vermelha e turbante branco na cabeça. Tipo esquisito. Ele acertou as cinco perguntas do auditório e outras três dos ouvintes por telefone. Saiu ovacionado.

Mais tarde seu Edevair escolheria o nome do filho em homenagem ao homem-dicionário. Seria o craque Romário.

Em seguida, chegou a hora da *Parada de sucessos*, com as músicas mais executadas na semana, apresentadas pelos intérpretes originais — o quadro de maior sucesso do programa. Naquele dia foram Nora Ney, Jorge Goulart, Trio Irakitan, Edu da Gaita, Ademilde Fonseca (a rainha do chorinho), Blecaute e Elizeth.

O grande auê estava por vir. César de Alencar anunciou a atração patrocinada pelas Pastilhas Valda, *pequeninas amigas do seu aparelho respiratório*.

Ao som do jingle, com a melodia de "La Cucaracha", o auditório, em polvorosa, recebeu a favorita da Marinha.

A sua, a minha, a nossa Emilinha Borba:
Pastilhas Valda, Pastilhas Valda.
Emilinha é a maior!
Pastilhas Valda, Pastilhas Valda.
Emilinha é a maior!

Emilinha, elegantíssima, surgiu em vestido azul-escuro colante com lantejoulas. Bisou "Cachito" e "Aqueles olhos verdes", sucessos da época, sob o delírio das fãs.

Cheguei à noite em casa e levei a maior bronca. Não avisei que chegaria tarde e meus pais estavam preocupados. Não aliviou dizer que fui ao programa do César de Alencar. Minha mãe achou legal, meu pai tachou de atraso de vida.

Uma multidão se concentrava diariamente diante do prédio da rádio no afã de pegar autógrafo ou ver de perto os ídolos. As que faziam estardalhaço eram as *macacas de auditório*. Diziam que recebiam dinheiro para gritar o nome do Cauby e rasgar sua roupa quando ele saía às ruas.

No andar térreo do arranha-céu funcionava o bar e restaurante Flórida, do comendador Manuel da Silva Abreu, o Zica, mandachuva do pedaço. Contrabandista conhecido, foi preso várias vezes pela atividade ilegal. Zica era dono de escritório no nono andar, mas ficava sentado em uma das cadeiras de vime na calçada, curtia o movimento do lugar.

Pela praça Mauá zanzavam vários tipos: alunos do São Bento, prostitutas, bicheiros, jornalistas do *A Noite,* capangas do Zica, cafetões, artistas da Nacional, estivadores, monges beneditinos, fiéis da igreja de São Francisco da Prainha, marinheiros, a turma do samba da Pedra do Sal e uma multidão que vinha dos subúrbios trabalhar no centro.

A acanhada rodoviária Mariano Procópio trazia mais agito com o vaivém de gente carregando malas e sacolas para embarcar rumo a vários cantos do país. Alguns dormiam nos bancos da estação à espera de condução para lugares distantes.

A maior atração eram os ônibus prateados da Cometa que faziam o trajeto Rio-São Paulo, os *Flecha Azul*, iguaizinhos aos que a gente via nos filmes americanos.

Do alto do morro a gente acompanhava ansiosamente a chegada ao cais de navios da Marinha americana, o que acontecia com frequência. Virava a maior festa!

Depois das aulas corríamos em bandos para comprar a bordo pacotes de cigarros, calças Lee e camisas polo. Não havia calças jeans americanas nas lojas, só as rancheiras brasileiras, que não se comparavam com as Lee, como a de James Dean em *Assim caminha a humanidade*, seu último e mais famoso filme ao lado de Elizabeth Taylor e Rock Hudson.

As calças americanas só podiam ser compradas das mãos de contrabandistas ou dos marinheiros. A não ser quando alguém viajava para os Estados Unidos e trazia a encomenda.

De tão especial, a fauna que circulava pela praça Mauá ganhou canção de Billy Blanco, gravada por Dolores Duran, em 1955.

Praça feia, malfalada.
Mulheres na madrugada
onde bobo não tem vez
Praça Mauá

Das lotações de subúrbio
Lugar comum do distúrbio nos trinta dias do
mês...

6

Eu continuava empolgado com minhas peripécias juvenis na praça Mauá. Pensava com nostalgia nos colegas do São Bento quando meu filho Francisco enviou e-mail lá de Londres. Estava mesmo ansioso, querendo falar com ele, saber de mais novidades sobre o *walking football*:

Fala, Zé!

Lembrei de você no final de semana aqui em Londres.

No sábado fui com uns amigos ver o Clapton FC, pequeno time que disputa campeonatos regionais na nona divisão da Inglaterra! Falei Nona divisão!

Fazia tempo que queria ir, já tinha ouvido histórias curiosas sobre a torcida. Eles são poucos, mas cantam sem parar letras muito legais, a maioria com temas de esquerda. São antifascistas e contra o futebol moderno, no estilo do St. Pauli de Hamburgo, guardadas as devidas proporções.

O estádio — The Old Spotted Dog — é bem sim-

ples, tem duas catracas antigas, barzinho, banheiro e escritório instalado numa dessas construções tipo trailer. O gramado é horrível, pior do que os dos parques da cidade, mas o lugar tem charme.

É outro mundo comparando com a Premier League.

Outra realidade. É acessível (a entrada custa cinco libras), e todos os torcedores são bem-vindos, gente de todas as idades, nacionalidades e até de outros times. Muitos vão com camisa do West Ham, que fica a pouco mais de um quilômetro dali.

Os Clapton Ultras, que dominam a festa, são uma mistura de hippies, hipsters, anarquistas e punks — ingleses com forte presença de italianos e poloneses.

A torcida organizada faz trabalho social na comunidade e tenta salvar o estádio onde tanto se divertem: decoram o lugar com faixas, mensagens anti--homofóbicas e de solidariedade a refugiados

A cerveja é liberada na pequena arquibancada improvisada com andaime, e crianças correm livremente pelos gramados atrás dos gols.

Levei uma câmera pequena. Eles só deixaram filmar um pouquinho no meio da torcida. Dizem que já sofreram ataques de fascistas, mas me parece que também são do tipo de galera que apronta em protestos. Seja qual for a razão, achei legal e respeitei a atitude. Hoje em dia, com muita gente querendo aparecer, gostei porque ali é diferente.

Enfim, lembrei de você, não só por causa da torcida excêntrica, mas pelo que encontrei no estádio do "velho cachorro manchado".

Depois da segunda cerveja, quando fui ao banheiro, vi um panfletinho colado na parede dizendo assim:

"Primeiro campeonato mundial de walking football. *Categorias: adultos, sub cinquenta, e acima de sessenta e cinco anos. — O campeonato vai ser disputado no famoso Hackney Marshes e as finais serão no estádio Old Spotted Dog, do Clapton FC."*

Lembrei da ideia que você teve de reunir o pessoal do São Bento Futebol Clube. Você dizia que os caras eram bons de bola e que adoraria juntar a turma de novo! Com um pouco de treino, aposto que vão se dar bem por aqui. A velha geração inglesa é bem perna de pau. Tenho certeza de que vai ser mamão com açúcar pra vocês!

O tal walking football *é uma praga entre os coroas. É jogo para velhos, eles não podem correr, só andar com a bola. Depois mando mais detalhes, inclusive com as regras.*

O Hackeney Marshes é conhecido como a casa espiritual do futebol amador, palco das famosas "Sunday leagues" da Inglaterra. É um lugar incrível, só vendo. São oitenta e dois campos de futebol e três de rúgbi, um ao lado do outro, num antigo pântano ao leste de Londres, perto de onde construíram o parque olímpico de Stratford.

Todos os domingos o gramado fica multicolorido com as camisas de milhares de pessoas de todas as idades que vão jogar futebol à beira do rio Lea. Durante a Segunda Guerra Mundial destroços de prédios atin-

gidos eram jogados nesse terreno, ajudando a secar o
Marsh — o pântano onde desde então se joga bola.
Parece coisa de cinema!

Fiquei empolgado. Joguei para escanteio a desconfiança que tinha da reação dos velhos colegas.
Li e reli o e-mail várias vezes. Falei, *é isso*, o Francisco vai ajudar muito a gente. Precisava falar de novo
com meus antigos companheiros.

O São Bento é uma escola cara, frequentada
pela elite carioca, filhos da classe média alta. Famílias com sobrenomes conhecidos sempre colocaram os meninos lá pela fama que os beneditinos
conquistaram adotando um currículo rigoroso, que
permite aos alunos entrar nas melhores faculdades
sem precisar fazer cursinhos pré-vestibulares.

Equipes da Pastoral do mosteiro estimulavam
os alunos a serem católicos apostólicos praticantes.

No primário nos preparavam para a Eucaristia,
a primeira comunhão, e no ginásio, para a confir-
mação, a Crisma. O cristianismo dos beneditinos
é moralista e doutrinário.

Os monges exerciam autoridade amistosa, sem
autoritarismo. Pareciam guardar enormes segredos
por trás das batinas escuras e não disfarçavam o
mistério que os envolvia. A vida deles não é fácil.
As regras, severas, têm de ser cumpridas à risca, sob
pena de excomunhão ou de castigos humilhantes.

São necessárias muita fé e vocação absurda para se tornar monge beneditino. As obrigações são muitas e até cruéis.

Havia enorme rivalidade entre os colégios católicos da cidade: São Bento, Santo Inácio, Santo Agostinho, São Vicente de Paulo, São José. A maior era, e ainda é, entre São Bento e Santo Inácio, administrado por jesuítas em Botafogo, frequentado pela classe média alta da Zona Sul e calcanhar de aquiles beneditino, seja no estudo, seja no futebol. Os alunos desses dois colégios adoram montar listas de famosos que estudaram lá e fazer comparações. O São Bento, conservador, é o único que não aceitava e não aceita meninas.

Estudar num desses colégios é grife, lustra o currículo.

O mosteiro, ao lado da igreja, é envolto em mistério, um mundo enclausurado e silencioso. Os alunos tinham acesso a um dos enormes refeitórios, onde eram servidos almoços aos semi-internos e o café da manhã depois da missa obrigatória de domingo.

Nos dias de Corpus Christi e Finados o mosteiro é aberto à visitação, mas só até o claustro, belíssimo espaço formado por quatro corredores com um bem cuidado jardim no centro. Apenas homens podem entrar no mosteiro e a parte de clausura não recebe visitas em dia nenhum.

Mas há quarto de hóspedes reservado para abrigar quem estiver precisando de conforto espiritual e de reclusão e silêncio.

O prédio, fundado por monges beneditinos vindos da Bahia, um dos monumentos de arte colonial mais importante do país, possui três pavimentos e o interior preserva ambientes ricamente trabalhados, além da portaria revestida de azulejos portugueses. A capela principal do mosteiro abriga, segundo os beneditinos, uma obra-prima denominada *Senhor dos Martírios*, pintada em 1690 por frei Ricardo.

Possui biblioteca imensa e um dos arquivos mais importantes da cidade. Os beneditinos foram grandes donos de terras no Rio de Janeiro. No final do século XVII doaram ao governo terras e imóveis localizados no sopé da ladeira de São Bento para ali ser instalado o Arsenal de Marinha, que funciona até hoje.

Vivi os anos beneditinos com bolsa de estudos parcial. Tinha dois primos mais velhos, José Paulo e Luiz Orlando, ótimos alunos, filhos de Orlando Carneiro, professor, juiz de direito e intelectual, católico fervoroso, amigo dos monges. Por intermédio dele meu pai conseguiu desconto e assim pude estudar da quarta série até o fim do primeiro ano do científico, que corresponde ao colegial, sem maiores dramas orçamentários para a família.

Meu pai dava duro lecionando história em três escolas, de manhã, à tarde e à noite, mas não ganhava bem.

Havia outra porta de entrada no São Bento: a escola primária gratuita, o "popular", mantida pelos monges para atender alunos pobres, no pé do morro da rua Dom Gerardo. Os de melhores notas do "popular" ganhavam direito de cursar gratuitamente o ginásio e o científico, mas as vagas eram limitadas.

A escola popular ficava ao lado do Arsenal de Marinha, na frente de lojas que vendiam uniformes para os marinheiros. A gente ia lá comprar japonas azul-marinho, era moda.

Nunca senti discriminação entre alunos "normais", fossem bolsistas ou do popular. Havia, porém, pouquíssimos negros no colégio. Eu me lembro do Calixto, meia-direita veloz, e do Valmir Romão, o Sarará, fortíssimo atacante.

7

No meio do entusiasmo, às vezes me perguntava se a ideia de disputar o torneio de *walking football* havia sido realmente boa. Não era melhor ter ficado no meu cantinho, lá na Mooca, agora que a saúde não anda lá essas coisas? Mas as lembranças do São Bento Futebol Clube eram fortes demais. Só perdiam para as que se passavam na fazenda da Forquilha, em Rio das Flores, os meus sonhos mais recorrentes. Depois que imaginei o time jogando em Londres, as imagens da turma jogando surgiam a todo instante.

Temia pela reação deles, mas tinha quase certeza de que Dudu e Maura, fundadores do time, topariam de imediato. Fomos unha e carne. Não largávamos uns dos outros. Imaginava ser difícil convencer o Ivair, o outro fundador e integrante permanente do grupo. Ele ficou muito reservado e, depois de velho, sua atividade acadêmica o consumia. Tinha quase certeza também de que, se estivessem em bom estado físico, Wilson Onça,

Flavinho Fiuzá, Marcus Aníbal e Luiz Cabeleira, os craques do São Bento, não perderiam essa oportunidade.

Eu montava e remontava a escalação do nosso time na cabeça. Como costumava fazer quando era mais novo.

Durante o recreio no colégio, uma das diversões prediletas era escalar em latim times fictícios de futebol. Para nós, o latim não tinha nada de "língua morta". Ao contrário, como as missas eram celebradas assim e o ensino fazia parte do currículo no ginasial, tínhamos que saber na ponta da língua as cinco declinações. Decoreba braba!

Sabíamos a missa em latim de cor e salteado. Expressões como *Dominum vobiscum, et com spiritu tuo, Kyrie elèison* e *Deo gratias* faziam parte do vocabulário do dia a dia.

A escalação de maior sucesso, ideia do Ivair, prestava "homenagem" a d. Irineu Penna, temido professor de matemática que protegia alunos CDF e desprezava quem preferia jogar futebol a estudar. Assim, era amado e odiado pelos alunos. A escalação do onze latino predileto: Elèison, Vobiscum, Dominus, Gratias e Cum; Spiritu e Sancti; Et, Ite, Nòmine e Irineu na ponta-esquerda.

D. Irineu Penna, neto do presidente da República Afonso Penna, considerado um gênio por seus seguidores, magrinho e serelepe, tinha rosto fino como triângulo isósceles e usava pesados óculos de grau. Ágil no andar e no raciocínio, destacava-se pela inteligência e cultura — dizia-se que travou debates com Sartre na França, onde passou parte da juventude. Era mais próximo dos alunos do que os outros monges.

Ele gostava de escalar montanhas e, vez em quando, levava grupos de alunos para subir o Pão de Açúcar. Fui uma vez e quase morri de medo. Sempre tive muito medo de altura.

Montello, endiabrado aluno do científico, não ia com a cara de d. Irineu, apesar das boas notas que recebia em matemática, e aprontou, com a colaboração de desenhos do Dudu, senhora molecagem com o monge. Saiu pela cidade pichando muros, postes, árvores, o que encontrasse pela frente, com a inscrição IP-65 ao lado do desenho de um triângulo com dois olhinhos. Pediu que fizéssemos o mesmo em nossos bairros. Fizemos.

A campanha presidencial para 1965 saía às ruas com bastante antecedência, antes do Golpe, claro. Possíveis candidatos colocavam as manguinhas de fora: Carlos Lacerda, pela UDN; Juscelino, pelo PSD; e Brizola, Miguel Arraes e Roberto Silveira disputavam a legenda pelo PTB.

Surgiu o IP-65, e chamou tanta atenção que alguns jornais publicaram reportagens tentando decifrar o que seria. Teve jornal que cogitou ser campanha para Israel Pinheiro, governador do Distrito Federal. Não mataram a charada.

A pichação não repercutiu como *Celacanto provoca maremoto* no Rio ou *Cão Fila K 26* em São

Paulo, mas deu o que falar. D. Irineu descobriu logo que a brincadeira era obra do Montello, mas levou o caso numa boa. Só pediu que parasse.

Outros monges também davam aulas no colégio. Inclusive o reitor, d. Lourenço, formado em medicina, lecionava matemática. Alto, empertigado, impunha respeito. Seu apelido era Urubu-Rei. Com voz forte e pausada, d. Lourenço Almeida Prado comandou o colégio com pulso forte por quarenta e seis anos.

Os alunos morriam de medo dele. Fui diversas vezes ao gabinete da reitoria, entrava tremendo. Recebi suspensões e severos carões. Desconfio de que não ia com a minha cara. Se não fosse sobrinho do tio Orlando, certamente teria levado cartão vermelho. A pecha de bagunceiro percorria os corredores. Ao contrário de Dudu, Maura e Ivair, minha fama era péssima. A dos outros três, uma beleza.

A maioria dos monges-professores era boa-praça e conversadora. O dia em que os vi mais alegres foi quando o Vaticano escolheu João XXIII para substituir Pio XII, em outubro de 1958. Houve manifestações de júbilo e os sinos da igreja de Nossa Senhora de Montserrat badalaram por muito tempo. Eles pareciam um bando de crianças correndo eufóricos de um lado para o outro!

Havia divisão política entre os monges, internamente travava-se choque de posições contraditórias, e o embate se agravou durante os anos de chumbo. A maior parte dos alunos não desconfiava.

Do lado conservador, figuravam monges cultos, importantes referências religiosas: d. Lourenço Almeida Prado, que se notabilizava como educador; d. Basílio Penido, reitor anterior a d. Lourenço, abade do mosteiro de Olinda, médico, tradutor do grego e do latim de importantes obras da literatura católica e torcedor fanático do Fluminense; e d. Estevão Bittencourt, um dos maiores teólogos do seu tempo, considerado "sábio, douto e meio santo". Além de d. Irineu Penna e d. Marcos Barbosa.

Do lado progressista, com mais contato com o pensamento do homem comum e suas angústias, o fascinante e engraçado monge beneditino d. Timóteo Amoroso, que deu inesquecíveis aulas de religião antes de se mudar para a Bahia, nomeado abade do mosteiro de Salvador. Era o único monge que falava palavrão!

Foi paraninfo da nossa formatura no ginásio. Ganhou por votação apertadíssima, porque os que veneravam d. Irineu fizeram forte campanha contra. Eu e Ivair nos empenhamos muito na eleição dele e quase saímos no tapa com alguns que apoiavam d. Irineu.

Sobre a passagem dele pela Bahia, o jornalista e professor Emiliano José escreveu:

Dom Timóteo instituiu a Missa do Morro, quando pretendeu inverter os termos da dominação. Chamou para o interior dos templos católicos muito da riqueza do candomblé, com seus tambores e afoxés, e surpreendeu a própria Igreja católica.

... diziam que falava de Deus com tal intimidade que às vezes parecia que Deus morava no quarto ao lado dele. Todo místico ultrapassa as barreiras do tempo.

Era um místico profundamente ligado ao seu tempo, com o coração cheio de amor para com os oprimidos, e profundamente indignado diante das violências da ditadura. Não se acovardava diante dos militares. Abriu o mosteiro para estudantes perseguidos em várias ocasiões.

Entre os professores "civis", fora da ordem era o tenente Prado, mulato simpático que dava aulas de educação física. Pesava uns cento e trinta quilos, andava com dificuldade. Vivia carregando uma pesada *medicine ball*, um apito pendurado no pescoço e um boné de feltro na cabeça, o que o fazia parecer com Gentil Cardoso, folclórico técnico do Vasco, Fluminense e de times pequenos, e inventor da frase: *vai dar zebra!*

Como usava dentadura, falava assoviando e cuspindo, e imitá-lo era inevitável, bastava que virasse as costas. Soltava palavrões e se divertia chamando os molengões de paquidermes. Figura querida.

Excêntrico era o Pinho, professor de história. Unhas feitas e pintadas, gumex no cabelo, elegante, usando ternos bem cortados, não escondia o jeito afeminado.

Querido pelos alunos, que se esborrachavam de rir com as piadas sacanas que contava, Pinho bancava do próprio bolso o time de futebol de salão "Os Gatos", esquadrão praticamente invencível. Ele comprava os uniformes e pagava o lanche da moçada depois dos jogos.

"Os Gatos" jogavam depois das aulas na quadra descoberta, ao lado da caixa-d'água, e estraçalhavam os adversários que ousavam subir a ladeira para enfrentá-los. Flavinho Fiuza, Luiz Cabeleira e Wilson Onça, craques do São Bento Futebol Clube, vestiram a camisa dos "Gatos".

Não havia professoras no São Bento. Alunas? Nem pensar. Só nos anos 1990 a direção do colégio abriu exceção e contratou professoras, mas o ingresso de meninas nunca foi permitido.

Tínhamos pouco contato com meninas no colégio. Ocorria somente nos domingos de missa obrigatória, quando alguns colegas iam com as famílias e sempre havia uma irmã ou prima, o que virava chacota durante as aulas:

Cunhadinho, não vai me apresentar a linda irmã, não?

A sua prima é demais, hein? Passa meu telefone para ela.

Deixei a escola no final de 1962, antes do golpe militar. Vivi no São Bento os anos dourados. Vibrei com o Brasil bicampeão de futebol e basquete. Acompanhei a posse de JK, a eleição e renúncia do Jânio (fiz campanha para o marechal Lott) e os primeiros tempos do governo Jango. Não tenho ideia do que houve durante os anos de chumbo, acredito que os militares tenham recebido apoio da maioria dos alunos.

Carlos Lacerda, "O Corvo", deputado federal, líder da UDN, governador da Guanabara, dono da *Tribuna da Imprensa*, um dos líderes civis do golpe de 1964, gozava de muitos simpatizantes entre os alunos, influenciados pelos pais udenistas e pelos monges que o adoravam.

Leonel Brizola, ex-governador do Rio Grande do Sul, rival político de Lacerda, contava com pequena claque. Era execrado pelos alunos lacerdistas. Eu fazia parte da turma brizolista, entusiasmado com a Rede da Legalidade que ele comandou em 1961, garantindo a posse do cunhado Jango. Fiz campanha para Brizola em 1962, quando foi eleito deputado federal pela Guanabara com duzentos e cinquenta mil votos, um recorde.

Depois que deixaram o colégio, alguns ex-alunos participaram da luta contra a ditadura, como o Ives do Amaral Lesbaupin, zagueiro desajeitado, que virou o dominicano frei Ivo. Foi preso, torturado e condenado a anos de prisão por pertencer à ALN e ajudar Carlos Marighella em algumas ações. Frei Ivo morou uns anos na França, foi professor na PUC e posteriormente abandonou a batina.

Antônio Paulo Ferraz, companheiro de turma, lateral direito esforçado, filho do armador Paulo Ferraz, esteve entre os presos no malfadado estádio Nacional do Chile.

Durante os meus anos beneditinos, Fidel e Guevara colocaram Fulgencio Batista para correr e derrotaram, na baía dos Porcos, os exilados patrocinados por Kennedy. Os velhos ditadores Salazar e Franco continuavam dando as cartas em Portugal e Espanha. Mao Tsé-tung comandava a revolução cultural na China e Nikita Khruschóv era o todo-poderoso na União Soviética. Juan Domingo Perón amargava exílio na Espanha.

E tudo isso passava pela minha cabeça conforme se aproximava a data para o novo encontro dos beneditinos.

8

Fui o último a chegar ao Clube Germânia. Marcus Aníbal, Dudu, Luiz Cabeleira, Wilson Onça, Flávio Fiuza, Salek e o Carlão já me esperavam no bar. Maura avisou que estaria viajando, não poderia ir. E o Nove também. Além de nós, somente dois empregados e um garçom, não havia mais ninguém no clube. Pedimos cerveja e petiscos alemães — linguiças, croquetes e lascas de eisbein. A turma, eufórica, foi carregada de fotos e recortes de jornais e revistas.

Dudu, o mais animado, surpreendeu levando por escrito um caprichado resumo das atividades do São Bento Futebol Clube. Ninguém se lembrava de tantos detalhes. Segundo o Dudu, o time realizou quinze jogos oficiais e o algoz, claro, foi o Santo Inácio. E lembrou que tivemos a ideia de fundar o São Bento Futebol Clube para nos divertirmos aos sábados e feriados, porque domingo era dia de Maracanã. Mesmo assim, jogamos várias vezes aos domingos pela manhã para poder ir ao estádio à tarde.

O uniforme branco de mangas compridas foi bancado pelo pai de Dudu, seu Rubens, vascaíno doente. Foram comprados quinze uniformes e uma bola oficial Drible número 5, na loja da Superball na Marechal Floriano.

O pai do Dudu, espécie de presidente do São Bento Futebol Clube, acompanhou o time em várias jornadas. Quando não havia jogos do São Bento, organizava peladinhas na praia de Ipanema em frente à rua Rainha Elizabeth, no Arpoador, onde morava. Fui algumas vezes, mas dava preguiça ir de ônibus da Tijuca para Ipanema, jogar e depois pegar condução de volta. O Ivair apelidou seu Rubens de Raf Vallone, era a cara do famoso galã italiano.

Clima festivo no Germânia. A cada cerveja aberta, um brinde à amizade e aos saudosos tempos.

Examinamos as fotos e recortes de jornais e revistas. Para relembrar, levaram partes do *Jornal dos Sports*, do *Última Hora*, do *Correio da Manhã*, do *Jornal do Brasil* e do *Diário de Notícias*, e também exemplares das revistas *O Cruzeiro*, *Manchete* e *Manchete Esportiva*.

O caderno de esportes de *O Globo*, que às segundas-feiras, na última página, publicava divertida seção Penalty!, escrita e desenhada por Otelo Caçador, provocava comentários e gozações.

Folheando *O Cruzeiro*, Wilson Onça lembrou o inusitado encontro com Assis Chateaubriand, o homem mais poderoso do país, dono da revista, da TV Tupi e dos *Diários Associados*, que colocava Roberto Marinho no chinelo.

Quando descemos para lanchar na rua Dom Gerardo, demos de cara com o baixinho e barrigudo Chatô, que tomava café com amigos no bar de esquina. Puxamos papo, e ele, simpático e afável, perguntou se gostávamos do colégio, revelou que fora várias vezes a missas na igreja e que havia visitado o mosteiro. Foi embora num Cadillac rabo de peixe.

Com o surgimento da indústria nacional, as imensas "banheiras" americanas como Nash, Buick, Studebaker, Plymouth, Oldsmobile, Chevrolet, Ford e Cadillac começaram a desaparecer para dar vez aos DKW-Vemag, fuscas, Kombis, Aero Willys, Rural Willys, Berlinetas e Simcas, mas Cadillac era Cadillac!

Nas páginas da *Manchete*, Marcus Aníbal encontrou saborosas crônicas de Fernando Sabino, Paulo Mendes Campos e Rubem Braga. Ele os conhecia pessoalmente porque frequentavam a casa de seu avô, o escritor Aníbal Machado. Quem não tivesse lido *O encontro marcado*, do Fernando Sabino, estava por fora.

Luiz Cabeleira levou com orgulho as primeiras edições dos livros do Stanislaw Ponte Preta, o Sérgio Porto, *Tia Zulmira e eu* e *Primo Altamirando e elas*, que esgotavam nas livrarias. Ele os guardava como preciosas relíquias.

Lembramos com olhos cheios d'água que acompanhamos a Copa do Mundo de 1958 pelos radinhos de pilha Spica, aparelho transistor japonês do tamanho de um tijolo que podia ser levado para qualquer lugar e que vinha envolvido em um estojo de couro. O máximo na época.

Subíamos, eu, Maura, Ivair e Dudu, até o telhado do ginásio dos esportes ou ao reservatório de água, onde o rádio sintonizasse melhor — as transmissões da Copa de 1958, na Suécia, saíam do ar a toda hora. Se um rádio falhasse, a gente corria para colar o ouvido no que estivesse mais próximo. O Brasil caíra num grupo difícil, com Inglaterra, Áustria e União Soviética.

Como a seleção estreou num fim de semana com vitória de 3 a 0 sobre a Áustria, combinamos de ouvir juntos o jogo seguinte, Brasil e Inglaterra, na quarta-feira. O resultado, 0 a 0, preocupou, desconfiamos que tínhamos dado azar aos nossos craques.

O terceiro jogo, estreias de Garrincha e Pelé, foi disputado num fim de semana, e cada um ouviu em casa a vitória de 2 a 0 sobre a União Soviética. No iniciozinho, Vavá rolou para Garrincha, que driblou três adversários e chutou na trave. Na volta, nosso ataque massacrou os russos, sem conseguir o gol. O bombardeio foi tão sensacional que os minutos iniciais são considerados os mais grandiosos da história das Copas.

Em seguida, veio o 1 a 0 chorado sobre o País de Gales nas quartas de final. O nome Pelé soava estranho, e, apesar de ninguém do grupo torcer pelo Flamengo, nosso ídolo era o Dida, craque alagoano artilheiro do rubro-negro, barrado para dar lugar ao moleque de dezessete anos do Santos. Mas, com o gol da vitória que marcou, nunca mais deixamos de gritar seu nome e rolar de alegria.

Dias depois, na semifinal contra a França, terça-feira, o grupo era bem maior — uns vinte. Alguém sugeriu, Dudu garante que a ideia foi do Heráclito, que fôssemos à igreja rezar, e me juntei a eles para não quebrar a corrente.

Não é que funcionou! Um 5 a 2, com três gols do Pelé.

Sentíamos pela primeira vez o cheiro de ser campeões do mundo, mas as derrotas em casa, em 1950, e na Suíça, em 1954, nos deixavam com um pé atrás, ressabiados.

Descemos até a praça Mauá gritando *Brasil, Pelé, Brasil, Pelé*, enquanto as pessoas estouravam rojões, carros buzinavam e a alegria se estampava na cara da multidão. O Brasil ia à final, chegava a tão sonhada hora de sermos campeões!

Xô, 1950!

Dias depois, o Brasil foi enfim campeão mundial, sapecando 5 a 2 na Suécia. Uma pena que não comemoramos juntos, tínhamos entrado em férias poucos dias antes da grande decisão.

Eu me lembro de meu pai e alguns amigos chorando feito crianças com o ouvido colado ao rádio de casa. As pessoas saíam às ruas enlouquecidas, agitavam bandeiras nas sacadas, os carros passavam buzinando, fogos espocavam sem parar nos céus tijucanos, repletos de balões coloridos. De noitinha, vizinhos foram em casa brindar com cervejas e petiscos preparados por minha mãe, famosa quituteira do bairro.

O curioso é que ninguém tinha visto uma imagem sequer da partida. Não havia transmissão pela televisão. As pessoas ficavam imaginando as jogadas, os gols, a emoção dos jogadores e a volta olímpica apenas pelo que ouviam pelo rádio. Um descrevia para o outro como achava que teria acontecido.

A ausência do Ivair no Clube Germânia fez a turma se lembrar dele e do trágico acontecido no ano seguinte à Copa de 1958, precisamente em maio de 1959. Dias antes do amistoso entre Brasil e Inglaterra, no Maracanã, recebemos a notícia terrível: a mãe do Ivair havia morrido.

Nenhum de nós tinha intimidade com situação tão perturbadora. Jamais passaria pela nossa cabeça que a mãe de um colega fosse morrer. Éramos jovens para lidar com algo assim. No colégio não se falou em outra coisa.

Ivair ficou uma semana sem ir às aulas. Estávamos preocupados. Quando voltasse, não saberíamos o que dizer, além daquele esquisito "meus pêsames".

No dia seguinte ao Brasil 2, Inglaterra 0, Ivair voltou ao colégio. Rosto abatido, fita preta de luto no bolso da camisa azul, entrou calmamente na sala. Era manhã cedinho, período em que fazíamos lições — só havia aulas à tarde —, e os olhares de todos rapidamente se voltaram para ele.

Ivair se aproximou e comentou eufórico:

Viu o Julinho ontem? O homem só não fez chover. Calou a boca da cambada que o vaiava. Joga muito o cara!

Julinho, craque, ponta-direita infernal, foi escalado no lugar de Garrincha, e a torcida (cento e dezessete mil pagantes) não perdoou. Ele recebeu a maior vaia individual de toda a história do estádio quando anunciaram a sua escalação.

Mas Julinho arrebentou. Marcou um golaço logo aos sete minutos e deu passe mamão com açúcar para o centroavante Henrique Frade, do Flamengo, fazer o segundo. Saiu de campo aplaudidíssimo.

O irmão mais velho, Cláudio Ulpiano, foi quem teve a ideia de levar o Ivair ao jogo para tentar aliviar a tristeza recente. Poucos ali no Germânia conheceram o Cláudio. Eu tive o privilégio.

Um alívio! Em vez de ficar falando da morte da mãe, a conversa descambou para a atuação fantástica do Julinho.

Anos depois, num barzinho de Botafogo, foi que o Ivair me apresentou o Cláudio, uma das mais fascinantes figuras que conheci: filósofo, professor na PUC, jeitão hippie, cabeleira e barba enormes, magrinho, poncho nos ombros e sandálias nos pés. Ele me envolveu com sua sabedoria. Jamais havia ficado tão deslumbrado com uma conversa de bar. Voltei para casa com minha ignorância e estupidez debaixo do braço.

Embevecido com a leitura de *O encontro marcado*, vi no Cláudio a encarnação do velho Germano, personagem misterioso e fascinante que abriu caminhos para o jovem Eduardo Marciano compreender o mundo, e que dava nomes de cores aos dias da semana.

9

A gente escolhe um time ainda menino e arrasta a deliciosa paixão pelo resto da vida. Virar casaca é traição imperdoável; torcer pelo time do coração, religião. A paixão por um time é mil vezes maior do que pela seleção. Só dou bola para a seleção em época de Copa do Mundo, e olhe lá! Então, se ninguém esqueceu Brasil e Inglaterra de 1959, a conquista do América como 1° campeão do estado da Guanabara foi o meu momento especial.

Fazia vinte e cinco anos que o América não via a cor de um título. A trágica derrota na melhor de três em 1956 contra o Flamengo não saía da cabeça. Agora, contra o Fluminense, o time tinha um técnico, Jorge Vieira, de apenas vinte e cinco anos, e um bando de jogadores jovens e desconhecidos, com exceção de Ari, Pompeia, João Carlos e Calazans. Além do mais, havia o tabu: nove partidas seguidas sem vencer o tricolor.

Na grande final, em 18 de dezembro de 1960, estávamos de férias. Fui a pé para o Maracanã com meu pai e tio Carlos. Dez minutos de caminhada ou até menos, se não houvesse uma multidão indo para o estádio. A partida teve 98 090 pagantes.

Nunca vi tanta gente torcendo pelo América. Não eram apenas americanos, mas vascaínos, rubro-negros e botafoguenses que faziam questão de se juntar ao "segundo time de todo mundo". Na arquibancada havia de tudo, até Papai Noel com a camisa do América. Charangas das torcidas amigas tocavam o nosso hino, bandeiras do Flamengo, Vasco e Botafogo se juntaram às nossas...

O Fluminense fez 1 a 0, gol de Pinheiro, de pênalti, e assim terminou o primeiro tempo. Apesar de o América jogar bem, pau a pau com o tricolor, o desânimo no intervalo era grande. Um ou outro tentava puxar o entusiasmo do fundo da alma, mas poucos acreditavam na virada. Vi gente indo embora de cabeça baixa.

Atordoado, queria desistir, mas o pessoal ao meu lado acreditava, dava força.

O ânimo voltou aos quatro minutos do segundo tempo. Castilho soltou a bola depois de um chute do baiano Fontoura, que entrou no intervalo em lugar de Antoninho, e Nilo, desajeitado, quase caído, de canhota, enfiou para o fundo das redes. A partir daí, a torcida do América abafou a do Fluminense.

Aos trinta e dois minutos, com os torcedores americanos empurrando o time das arquibancadas, saiu o gol mais maravilhoso da história do Maracaná: Jorge, escorando rebatida errada do goleiro Castilho, em falta cobrada com violência por Nilo.

Jorge zuniu como uma flecha, saiu da direita para o meio da área e chegou à frente de todo mundo. Haviam se esquecido dele, ninguém marcou. Castilho, o grande Castilho, largou a bola e o lateral chutou rasteiro, enviesado, no canto direito da meta tricolor.

Goool! Goool do América!

Éramos campeões. O primeiro campeão do estado da Guanabara.

Com a doideira na saída do estádio, me perdi de meu pai. Saí pelas ruas em direção a Campos Sales, atrás da bandinha que tocou durante toda a partida, para aplaudir e comemorar o título tão esperado. Por onde passávamos éramos homenageados pelos tijucanos, que foram às calçadas.

No dia seguinte, a foto de um torcedor encontrado morto na piscina de Campos Sales estampava a primeira página do *Jornal do Brasil,* com a legenda: *Pelo América também se morre.*

Ano seguinte, na volta às aulas, Ivair, Maura e Dudu não perdiam a oportunidade de me fazer chorar: quando não havia vigilância na sala, Ivair lia, com sua voz grave de locutor, a — para mim — inesquecível crônica de Nelson Rodrigues sobre a conquista do América. Maura batucava na carteira o hino do Lamartine com ênfase no estribilho Tralala-lá-lá, la-lá, la-lá-lá, enquanto Dudu desenhava torcedores rubros naquele dia de festa no Maracaná (tempos depois ele pôde demonstrar seu talento como desenhista e ilustrador no *Jornal dos Sports*). E eu caía no choro.

No delicioso *Febre de bola*, o inglês Nick Hornby abre assim o primeiro capítulo: *Eu me apaixonei pelo futebol como mais tarde me apaixonaria pelas mulheres: de repente, inexplicavelmente, sem aviso, sem pensar no sofrimento e nos transtornos que aquilo ia me trazer.*

Eu e Nick Hornby torcemos pelo Arsenal. Além de fanático torcedor do América, sou também Gunners, como é apelidado o time do norte de Londres. Me acham metido a besta porque, segundo alguns, não se pode torcer ao mesmo tempo por dois times. Ainda por cima para time estrangeiro. Frescura, dizem.

É fácil explicar: o América quase não joga mais, disputa as divisões inferiores da cidade, entra em campo uma vez ou outra e suas partidas nem são mostradas na televisão. Como não tenho coragem, força nem idade para virar casaca, escolhi outro time para torcer, um time de fora, o do coração do meu filho Francisco, que vive na capital londrina desde menino e mora pertinho do velho estádio de Highbury, hoje um conjunto de apartamentos.

Foi um jeito de nos aproximarmos. Sempre que o Arsenal joga, ligo para ele, falamos sobre o match, lamentamos as derrotas e comemoramos as vitórias. Assim, mato a saudade dele e não fico apenas sofrendo com o querido América.

Francisco, lá de Londres, cada vez mais entusiasmado com a possibilidade de a gente disputar o torneio, mandou outras informações sobre o *walking football*:

Para ir se preparando, segue um resumo das regras:
Os jogos tipo society são de seis a oito jogadores em cada time.
É proibido correr, com ou sem a bola (um dos pés sempre tem que estar no chão).
Bola no chão / não vale bola por cima: a bola não pode passar da altura da cabeça dos jogadores.
Só o goleiro pode tocar na bola dentro da área.
Não tem impedimento.
Falta é sempre por cobrança indireta.
Novas regras estão sendo introduzidas para a modalidade (por exemplo, a partir de 2019 as competições nacionais proibirão o contato físico, "para ficar mais justo para todos e reduzir o risco de contusão").
Beijos, Francisco, achando que vai dar tudo certo. Muito boa a sua ideia.

Na Copa de 1962, adolescentes como eu já fumavam e bebiam cerveja.
O São Bento Futebol Clube vivia grande momento, jogando por toda a cidade, e as conversas sobre lances das partidas tomavam mais tempo do que falar de meninas, a não ser quando o assunto era a enigmática Casa Rosa, da rua Alice.

Os radinhos de pilha ainda eram a opção para acompanhar as partidas no Chile: 2 a 0 fácil no México; 2 a 1 apertado na Espanha, quando o aclamado foi Amarildo, que entrou no lugar de Pelé e arrasou fazendo os dois gols; e 4 a 2 na semifinal contra o Chile, quando Garrincha acabou com os donos da casa e foi expulso no finzinho chutando a bunda de um chileno.

As partidas contra a Tchecoslováquia, 0 a 0, e Brasil 3 a 1 contra a Inglaterra, com Garrincha estraçalhando, foram disputadas em fins de semana, e ouvimos em nossas casas.

Depois da vitória sobre o Chile, com o Brasil classificado para a final, descemos para a praça Mauá, assim como na Copa anterior. Mas não tínhamos pressa de ir embora, e podíamos tomar cervejinhas para festejar. O clima era de já ganhou, as pessoas comemoravam como se fôssemos campeões.

A partida final, contra a Tchecoslováquia, cada um acompanhou de um jeito, porque foi disputada no domingo.

Eu fui para a chácara dos meus avós paternos em Campo Grande, onde, com primos e tios, festejamos a conquista soltando rojões, busca-pés e um enorme balão charuto de doze folhas, com as cores da bandeira brasileira. Era tempo de festas juninas e no quintal ardia linda fogueira. Campo Grande era região conhecida por ter exímios baloeiros. O céu ficava lindo, coalhado de balões de todos os tipos e tamanhos.

Mais tarde, no centro, junto à estação de trem, assistimos ao desfile de blocos carnavalescos, com os *clóvis* — brincalhões mascarados de morcego ou caveira, vestidos com macacões de cetim, luvas, meias e penas coloridas, cheios de purpurina, que se divertem assustando a quem encontram pela frente.

Durante o tempo em que estudei no São Bento, dos nove aos dezesseis anos, a cidade do Rio de Janeiro, capital da República, mais tarde estado da Guanabara, era uma enorme província. Havia dez jornais diários, e as revistas semanais *O Cruzeiro* e *Manchete* tinham milhares de leitores. O rádio ganhava em prestígio da televisão, ainda em preto e branco. Quem assistia aos programas nas casas dos vizinhos era chamado de televizinho.

Os bondes percorriam a cidade de ponta a ponta e viviam apinhados de gente. O barato era viajar no estribo e saltar com o bonde em movimento, proeza que jamais consegui realizar. Com exceção da Zona Oeste, não havia lugar na cidade que não tivesse uma linha de bonde, tinha até no afastado e íngreme Alto da Boa Vista. Os ônibus e lotações (ônibus menores) faziam o transporte urbano ao lado dos trens da Central e da Leopoldina. A frota de táxis tinha enormes carros americanos, quase todos da cor preta.

Campo Grande era zona rural, como Santa Cruz, Realengo, Deodoro, Marechal Hermes,

Mendanha, Santíssimo e Senador Camará, em meio a sítios e chácaras como a dos meus avós. Era o chamado "sertão carioca". Os moradores, funcionários públicos, professores, policiais e comerciantes, criavam galinhas, porcos e até cavalos, cultivavam hortas e pomares recheados de jaca, laranja, tangerina e manga. Passar os finais de semana ali dava a impressão de viajar para algum lugar bem distante no interior.

Ir às praias de Sepetiba e Guaratiba, tesouros desertos e paradisíacos da Zona Rural, era uma tremenda aventura.

Não havia o aterro do Flamengo nem a ponte Rio-Niterói — para seguir de carro para Niterói, só levando-o na balsa que saía da praça xv. Não existia o túnel André Rebouças, e, para ir da Tijuca à Zona Sul, tinha que passar obrigatoriamente pelo centro da cidade ou pela rua Alice, junto da Casa Rosa, ou tocar pelo Alto da Boa Vista, descendo até São Conrado.

10

A Casa Rosa, na parte alta da rua Alice, era uma bela construção, evidentemente rosa, de três andares — um andar térreo, outro para cima e um para baixo da rua. Era uma das poucas casas do pedaço, cercada por muito mato.

A primeira vez que fomos estávamos em três: Carlão, Ivan e eu, num fim de tarde de sábado, depois das aulas. No científico havia aulas aos sábados pela manhã e a gente folgava às quintas-feiras.

Guardamos as pastas nos armários e fomos de ônibus até Laranjeiras, depois seguimos de lotação até o alto da rua Alice. Os ônibus não aguentavam a puxada da subida íngreme. Pulamos fora dois pontos antes para não dar bandeira, como se fosse possível: três moleques andando por uma rua deserta em direção à única casa do pedaço, o puteiro mais famoso da cidade!

O porteiro fardado, de boné, nos recebeu. Era proibida a entrada de menores, mas quem se importava com isso? Pelo contrário, nos fins de semana o maior público da casa eram os estudantes. Ele nos conduziu por um corredor estreito, que terminava num salão com poucas mesas pelos cantos e um grande espaço no meio para circulação.

Sentamos diante da janela de onde se viam os prédios mais altos das Laranjeiras e do Cosme Velho. As mulheres, a maioria de meia-idade, nos cercaram, nem feias nem bonitas, todas bem atrevidas.

Nenhuma chegava aos pés da Ilka Soares, a mulher mais bonita do Brasil, nem da Tônia Carrero nem da garota-propaganda Neide Aparecida, muito menos das certinhas do Lalau, das vedetes Anilza Leoni, Norma Bengell, Eloína, Carmem Verônica e Elizabeth Gasper. Mas não era hora de pensar nisso e fazer comparações. A gente estava ali para outra coisa.

Baixinho na vitrola rodava o estrondoso sucesso na voz de taquara rachada do Anísio Silva, "Quero beijar-te as mãos, minha querida".

Ofereceram bebidas: uísque Drury's, conhaque Dreher, cuba-libre e cerveja. E tira-gostos: salaminho, amendoim, enrolado de presunto e queijo.

Na sala, homens com idade para serem nossos pais se entreolhavam amigavelmente, cúmplices, e cochichavam com as mulheres. Pareciam curiosos com nossa presença. A decoração do salão era pobre, nenhum quadro ou foto nas paredes, só um vasinho com flores coloridas de plástico em cima de cada mesa.

Encabulados, escolhemos rapidamente cada qual seu par e fomos para o andar inferior, onde ficavam os quartos. A minha parceira, morena alta e peituda, cabelo crespo, lábios carnudos pintados de batom rosa-shocking, comandou as ações. Não lembro o nome dela.

No quarto pequeno, escuro e sufocante, havia uma cama estreita, armário descascado com espelho, mesinha baixa e uma pia. Sobre a mesinha, uma toalha de rosto e um rolo de papel higiênico. Nenhum glamour nem romance. Não era a minha primeira vez, mas, sem traquejo, fiquei nervoso, torcendo para tudo acabar rápido. E assim foi.

Tirei a camisinha, me enxuguei, paguei e saí — as mulheres não tinham tempo a perder.

Venha outras vezes, agora que já sabe o caminho, é só me procurar, recomendou. *Se eu estiver ocupada, pergunte por mim, espere um pouco tomando alguma coisa, que depois faço amor gostoso com você, garotão!*

Descemos a pé da rua Alice até Laranjeiras, uma boa caminhada. Prosas e confiantes, contávamos detalhes e caíamos no riso. Tínhamos medo de gonorreia ou coisa pior, cancro.

Carlão, vozeirão de homem-feito, vaticinou:

Essas mulheres se cuidam. O local é famoso e não iam passar gonorreia para os fregueses, senão fechava a casa.

Acendi um cigarro e fui andando a passos lentos com quase certeza de que estava me transformando num homem de verdade.

Depois voltei à Casa Rosa em companhia do Carlão e amigos da Tijuca, sem timidez, mais à vontade. Mas com o tempo passei a sentir nojo, vergonha. Um dia, fui embora para nunca mais voltar.

Minha primeira vez foi com Corina, moça da minha idade, filha de colonos da fazenda da família, em Rio das Flores, num matagal atrás da casa-grande. Durante anos, meninos ainda, corríamos pelo pomar e pelas encostas dos morros brincando em meio a mangueiras, jabuticabeiras e jaqueiras. Adorávamos ficar juntos. Uma vez eu lhe dei um abraço apertado e a beijei. Ela saiu em disparada, me deixando em dúvida se gostara ou não. Mais tarde, confessou que adorara, mas ficara com medo.

Aí aconteceu: encostados numa vistosa mangueira, fomos rápidos no gatilho, com a preocupação de não sermos vistos e receio de sermos mordidos por cobra ou inseto. Depois, ariscos, corremos apressados de mãos dadas pomar afora e subimos numa jabuticabeira para comer fruta no tronco coalhado delas. Nem os gritos e pios estridentes das maritacas abafaram o som cúmplice de nossos risos. Éramos dois jovenzinhos felizes.

A partir daí, todas as vezes que viajava para a fazenda da Forquilha, o programa predileto era ficar com Corina nos lugares mais estranhos e improváveis. No curral, entre as vacas leiteiras, no alambique, no paiol, na cocheira dos cavalos. Corina, magrinha, olhos pretos arregalados, me introduziu com competência no bê-á-bá do sexo.

Tempos depois, coisa de uns trinta anos, cruzei com Corina no centrinho de Rio das Flores. Ela, feliz em me ver, disse que ainda morava nos arredores da fazenda, hoje abandonada, e estava ali fazendo compras. Maltratada pela vida simples, mãe de seis filhos, gorda, com quase nenhum dente na boca, roupa puída e sapatos sujos de barro, me pediu um cigarro e uma ajuda em dinheiro para a filharada. Dois deles, pequenos, estavam com ela. Não trazia mais o olhar provocante e sim uma expressão abatida, lânguida.

Fui ao bar mais próximo, comprei-lhe dois maços de cigarro, um isqueiro, um sorvete para cada menino, e dei a ela uma nota de cem reais. Avisei que deixaria paga na venda do Tatá uma cesta básica. Então, beijei o seu rosto rechonchudo, acariciei os cabelos dos dois pequenos e fui embora a passos lentos. Pelas costas ela não viu o quanto eu chorava.

11

O futebol, para nós, era a coisa mais importante do mundo. Maura gostava de estudar, Ivair de ler e Dudu de desenhar. Eu, de jogar bola. Mas por nada deste mundo perdíamos os jogos de futebol. E o Maracaná era nossa segunda casa.

Muitas vezes assistimos a partidas ao lado de mais de cem mil enlouquecidos torcedores. Espetáculos que só aumentavam nossa paixão pelo futebol.

O Botafogo, que amargara jejum de quase uma década, conquistou os campeonatos de 1957, 1961 e 1962 e se transformou no melhor time da cidade, passando a perna no Flamengo, no Vasco e no Fluminense. Com Garrincha, Didi, Amarildo, Nilton Santos, Manga, Paulinho Valentim, Quarentinha e Zagallo ficava fácil.

O mais emocionante título durante os anos beneditinos foi o do Vasco, em 1958, quando o time cruz-maltino disputou dois turnos e mais dois triangulares contra Flamengo e Botafogo para ser campeão. O supercampeonato é considerado o mais sensacional de toda a história do Maracanã e começou apenas catorze dias depois da conquista do título mundial na Suécia.

Dudu, vascaíno fanático, gostava de repetir em voz alta na sala de aula a escalação do Vasco supercampeão: Barbosa (sim, o mesmo da Copa de 1950) ou Miguel, Paulinho, Bellini, Orlando e Coronel; Écio e Roberto Pinto ou Wilson Moreira; Sabará, Almir, Rubens e Pinga.

O campeonato carioca, disputado por doze equipes, tinha Flamengo, Fluminense, Vasco, Botafogo, os chamados grandes, e América, Bangu, Bonsucesso, Olaria, São Cristóvão, Madureira, Portuguesa — os times de bairro —, além do Canto do Rio, de Niterói, único representante do antigo estado do Rio. Em 1962, o Campo Grande subiu. Pouco depois, o Canto do Rio desapareceu.

Morador da Tijuca, pertinho do estádio, vizinho da sede do América, me transformava em anfitrião dos amigos nas partidas disputadas no Maracanã.

Ir ao estádio sem ser levado pelos braços do pai dava enorme sensação de liberdade. Igual ao ventinho que bate nas bochechas com a cara da gente para fora da janela do carro.

Marcava encontro junto à estátua do capitão Bellini e, quando Maura, Ivair e Dudu chegavam, passava a comandar tudo. Da compra dos ingressos à saideira em barzinho da rua São Francisco Xavier, perto do Colégio Militar, onde a gente fazia hora para ir embora jogando sinuca, bebendo cerveja acompanhada de sardinhas fritas. Como eu morava perto, voltava a pé para casa.

Subir a enorme rampa, cruzar o anel do estádio, correr pelo estreito corredor, pisar no degrau/ assento da arquibancada e contemplar lá embaixo o gramado verdinho e as cadeiras pintadas de azul em volta do campo aceleravam as batidas do coração, emoção que só o futebol podia proporcionar.

O estádio apinhado de gente, o tremular das imensas bandeiras, a cantoria das torcidas, o zunido dos fogos, as serpentinas e confetes jogados ao alto, o estrondoso zum-zum da multidão, os gritos dos vendedores de mate, café e cachorro-quente, o vozerio dos locutores de rádio, a aguardada entrada dos times. Que espetáculo!

A parafernália emocionava. Eu, chorão, não me aguentava, e lágrimas escorriam pelo rosto quando o onze rubro subia as escadas do túnel e pisava o gramado sagrado do Maracanã.

O melhor lugar ficava no meio do campo, poucos degraus acima do placar central. Ou atrás de um dos gols. No intervalo, se possível, trocávamos de lado para acompanhar o ataque de frente. Uma vez fomos na geral. Foi divertido, apesar do cansaço de ficar em pé o jogo inteiro. Mas jamais esquecemos esse dia, quando assistimos ao lado de um bando de gente fantasiada, que se divertia à beça, xingava sem parar os jogadores adversários e chamava o técnico do próprio time de burro.

Íamos a tudo quanto era jogo. Quando o América jogava, por minha causa; o Fluminense, por causa do Maura e do Ivair; e o Vasco, por causa do Dudu. Não importava se fosse contra grande ou pequeno, chovesse ou fizesse sol. Estávamos sempre lá. Sabíamos na ponta da língua a escalação de todas as equipes, do Flamengo ao Canto do Rio.

Colecionávamos álbuns de figurinhas e jogávamos futebol de botão. No começo, as figurinhas, enroladas em balas, grudavam, rasgavam rápido, depois evoluíram, passaram a ser acondicionadas em saquinhos que a gente comprava no jornaleiro. As figurinhas repetidas eram guardadas para bater bafo-bafo no colégio.

Era gostoso chegar cedo ao Maracanã e acompanhar a preliminar dos times de aspirantes. O jogador que se destacasse poderia virar titular. Como na partida principal não havia substituição (apenas do goleiro), quem fosse expulso, se contundisse ou jogasse mal poderia ficar de fora na semana seguinte, dando lugar a um jogador aspirante. E a gente já saberia de quem se tratava.

Às vezes saíamos de um jogo do São Bento Futebol Clube e, vestidos de uniforme branco do time, seguíamos direto para o Maracanã. Sem escalas. Era sensacional emendar o nosso futebol com o dos craques profissionais.

Apostávamos em tudo: quem faria o primeiro gol, o primeiro escanteio, o primeiro chute a gol… Tudo combinado durante a semana no colégio.

Quem tivesse torcido pelo time perdedor pagaria as cervejas depois.

De vez em quando havia almoço na minha casa antes dos jogos. A mãe Nilza servia casquinha de siri ou coquetel de camarão na entrada. Depois poderia vir estrogonofe, feijoada ou carne assada com molho ferrugem, farofa e batatas coradas. A sobremesa, pavê de chocolate, era aplaudida de pé.

Depois do almoço, aflitos, apressados, subíamos eufóricos no bonde 63, São Francisco Xavier, em direção ao estádio, junto a dezenas de torcedores. Não há dúvida de que foram os domingos mais felizes da minha vida.

12

A única foto do São Bento Futebol Clube que apareceu em nosso encontro no Clube Germânia foi a que levei, a do jogo contra o time de funcionários dos Correios de Campo Grande, um amistoso arranjado pelo primo Zé Luiz, que mora lá.

Antes de o Dudu revelar contra quem e onde foram jogadas as quinze históricas partidas, pedi a palavra.

Vocês devem estar se perguntando qual a surpresa que reservei para o nosso encontro. Na verdade, o motivo que me fez ir ao jantar no Iate e marcar esta reunião é a surpresa que trago pra vocês.

Vejam só! Alguns dias atrás, em São Paulo, abri esta revista e olhem o que encontrei!

Li em voz alta o texto que falava do torneio mundial de *walking football*.

O campeonato mundial será disputado pela primeira vez em setembro do ano que vem e terá a participação de jogadores-estudantes de várias faixas etárias. A que reúne os mais velhos é de sessenta e cinco anos para cima...

Passei a revista de mão em mão, o pessoal leu meio espantado, tentando imaginar aonde eu queria chegar. Quando o último deles devolveu a revista, continuei, em tom solene:

Pois é, cheguei aonde queria. Quando vi a categoria para o pessoal da nossa idade, pensei: por que não disputamos o campeonato?

Vamos juntar a turma e jogar em Londres? Vamos ressuscitar nosso glorioso e inesquecível time. Ainda dá tempo. Vocês topam? É um campeonato para caras da nossa idade. É a última chance de jogarmos juntos e de darmos uma surra no Santo Inácio!

Espanto geral. Dudu, em momento de esperteza, tomou a palavra:

Queria refrescar a memória de vocês. Lembrar que jogamos em seis lugares diferentes: Forte do Leme (três vezes); Associação dos Servidores Civis, no campo atrás do Pinel e do Canecão (três vezes também); uma vez em Campo Grande; três em Jacarepaguá; uma terrível vez no Cocotá, Ilha do Governador; e quatro vezes contra o Santo Inácio, em Botafogo.

O time teve diversas formações e participação de muita gente, porque nem todos podiam ir jogar, principalmente o Flavinho Fiuza. Os craques Wilson Onça e Marcus Aníbal atuaram em quase todas as partidas. No final, mais de trinta alunos vestiram o uniforme branco de mangas compridas do São Bento Futebol Clube.

Foram quinze jogos, quatro derrotas, três empates e oito vitórias. Fomos fregueses do Santo Inácio, que nos aplicou três derrotas. Até hoje não me conformo de perder tantas vezes pros caras. Os jogos aconteceram no campo de terra deles, mas se pudesse jogava agora mesmo uma revanche para pôr as coisas definitivamente no lugar.

As derrotas para o Santo Inácio deixaram cicatrizes. Foi sempre jogo duro, pegado, nervos à flor da pele. Eles venceram por 2 a 1, 2 a 0 e 3 a 2. Nesse último, o pau comeu!

Terminada a partida, fomos ao vestiário deles e chamamos todo mundo pra porrada. Foi safanão para todos os lados. Mas, se alguém fosse pego brigando perto do colégio, poderia ser expulso. Decidimos não continuar.

A derrota ficou atravessada na garganta. Vencíamos por 2 a 1, tomamos a virada, mas jogamos como nunca. Se não fosse o goleiro deles, o Pacheco, teríamos aplicado uma surra nos caras. Sem dúvida alguma foi a derrota mais injusta que o São Bento Futebol Clube sofreu em toda a sua história.

Dudu garante que entre os adversários do Santo Inácio havia um atacante baixinho, roliço e metidinho, um tal de Ricardo, precisamente Ricardo Terra Teixeira. Ele mesmo, o presidente da CBF, que saiu de lá com o rabo entre as pernas, acusado de meter a mão em milhões de dólares.

Jogar contra o Santo Inácio era terrível. O campo de areia, com o dobro do tamanho do nosso no alto do morro, atrapalhava e não conhecíamos os atalhos. Nas duas partidas noturnas, a péssima iluminação facilitou a vida deles. Os caras sabiam se movimentar no escuro como ninguém.

A única vitória, um 4 a 1 que o São Bento lascou no cruel adversário, foi num dia em que jogou com muitos reservas. Zebra total! Na verdade, não era o São Bento Futebol Clube, mas sim um apanhado entre a turma dos dois colégios.

Ivair, Salek, Wilson Onça, Fiuza, Maura, Cabeleira e eu não jogamos. O jovem Calixto comeu a bola e fez três.

Além das derrotas para o Santo Inácio, outro revés, um 2 a 1 que o São Bento sofreu, foi para um time de amigos do Fiuza, formado por uma turminha que mais tarde jogaria os torneios de pelada no aterro do Flamengo. Só tinha gente boa de bola e não deu para segurar. O time era embrião do Milionários, que viria a ser um dos bambambás do Aterro.

Inesquecível foi o jogo contra os funcionários da agência dos Correios de Campo Grande. O campo ruim, com grama rala e perigosos tocos de árvore pelos cantos, era tapete para eles, habituados a jogar ali.

Marcus Aníbal e Fiuza não foram, mas não fizemos feio. Jogamos de igual para igual. Ganhamos de 4 a 2 na valentia, e podia ter sido de mais se o Nove e o Wilson Onça não perdessem tantos gols por preciosismo.

Mas o que fez a partida inesquecível foi a longa viagem de duas horas de ônibus para chegar a Campo Grande.

O São Bento Futebol Clube conquistou oito vitórias, e a maior goleada, 7 a 3, foi num time de amigos do Carlão, em sua maioria moradores de Botafogo e da Urca, no campo da Associação dos Servidores Civis, atrás do Canecão.

Nem comemoramos, os caras não jogavam nada. Levamos três porque Salek se machucou e não havia reserva para o gol. Ivair o substituiu e fez lambança. Tomou um frango atrás do outro. Era só chutar que o Ivair, sem o menor jeito para pegar, aceitava.

Houve outra goleada, 5 a 1, no Estrela Vermelha, de Jacarepaguá, num dia em que deu tudo certo, e em que até eu fiz gol. O gol lembrou o de Carlos Alberto na Copa de 1970, que viria a acontecer anos depois. Ivair, em rara jogada de linha de fundo, cruzou rasteiro da esquerda, Wilson Onça abriu as pernas e deixou a bola passar para Marcus Aníbal, que rolou para minha entrada no bico da área. A bola quicou baixinho no campo esburacado e emendei como veio, enchendo o pé. Meu único gol com a camisa do São Bento Futebol Clube. Golaço!

O jogo de maior confusão e tensão foi na Ilha do Governador, num campinho de terra no Cocotá, quando escapamos de levar uma tremenda surra. Quase um linchamento.

Terminou em 2 a 2 e houve de tudo: expulsões, pontapés sem bola, troca de juiz (invertia faltas, não marcava impedimento), tapas no rosto, gols anulados.

O Simpatia Esporte Clube, equipe de jogadores mais velhos, só tinha cobra criada. O zagueiro central, uns trinta anos nas costas, batia do pescoço para cima. O apelido era Pavão, homenagem ao parrudo zagueiro central tricampeão carioca do Flamengo, que também jogou no Santos. O Carlão, quase dois metros de altura e cem quilos de peso, não arregou e encarou o botinudo.

Fui expulso logo no primeiro tempo por entrada violenta no habilidoso ponta-esquerda metido a besta que marcava. Ele, serelepe, driblava muito bem, e toda vez que passava, sacaneava.

Toma aí!

Depois da terceira investida, fui firme, levei entre as pernas, ouvi desaforo e soltei o sarrafo. O juiz não hesitou. Me mandou para fora. Foi segura de cá, empurra pra lá, saí de campo debaixo de vaias.

A partida, arrumada pelo Cabeleira, amigo do Arlindo, capitão e goleiro do Simpatia, por pouco não chega ao final.

A torcida, numerosa, agitada e nervosa, cercava o campinho, provocava e ameaçava:

Se ganhar da gente, vão tomar porrada, seus playboyzinhos.

Marcus Aníbal, Wilson Onça e Luiz Cabeleira, além do Carlão como centroavante, jogaram demais, principalmente o Cabeleira, acostumado a pegar times barra-pesada no bairro da Saúde, onde morava. Qualquer dividida de bola era empurrão, dedo na cara e ameaça de troca de sopapos.

O São Bento Futebol Clube não se intimidou, e empatou ao apagar das luzes, golaço de sem-pulo do Wilson Onça, depois de cobrança de escanteio do Marcus Aníbal.

Se não fosse o Arlindo, amigo do Cabeleira e sujeito respeitado no bairro do Cocotá, teríamos levado uma baita surra. A torcida não se conformava com a comemoração no gol de empate.

Fomos a pé até o ponto de ônibus, cercados por vários torcedores do pedaço. Eles queriam partir para cima de qualquer jeito. Arlindo e mais dois ou três jogadores do Simpatia nos protegeram. Escapamos por pouco, e fomos embora sãos e salvos. Sem arranhão.

De acordo com o Dudu, o São Bento Futebol Clube se dava melhor em campos gramados, como os do Forte do Leme e da Associação atrás do Canecão. Nos campinhos de terra éramos obrigados a dar chutões, o que prejudicava principalmente a habilidade de Wilson Onça, Marcus Aníbal, Flavinho Fiuza e Cabeleira.

13

Santos e Botafogo, Pelé de um lado e Garrincha do outro, o maior clássico do futebol mundial. Como Barcelona contra Real Madrid hoje em dia. Não perdíamos nenhum.

O Santos adotou o Maracanã como campo oficial nos anos 1960. Nós, cariocas, apoiávamos o time santista como se fosse um dos nossos. E de forma intensa. As torcidas unidas, sem racha. Menos os botafoguenses, claro. Mas se o adversário fosse time estrangeiro, eles também torciam pelo Santos.

Algumas das maravilhas que vimos juntos, com a maioria dos gols desenhados depois pelo Dudu:

Santos 3, Fluminense 1 (5 de março de 1961).
Jogo em que aconteceu o magnífico gol de Pelé que deu origem à expressão "gol de placa", aos quarenta minutos do primeiro tempo.

Torneio Rio-São Paulo, Maura e Ivair torcendo pelo Fluminense. Ver Pelé era um espetáculo fora de série, não dava para torcer contra, só mesmo os tricolores naquele dia. O gol de placa foi o segundo de Pelé na partida. Ele pegou a bola no centro do campo, passou pelo cabeça de área Edmilson, saiu driblando Pinheiro, Clóvis e Altair e, quando sentiu Jair Marinho chegar, tocou no canto de Castilho. O Maracanã aplaudiu de pé! Na hora, achamos o gol de Pelé maravilhoso, não tínhamos ideia de que entraria para a história do futebol como um dos mais bonitos de todos os tempos.

Joelmir Beting, mais tarde famoso como comentarista econômico, ficou tão impressionado com o lance que teve a ideia de fazer uma placa com os dizeres "Neste campo, no dia 5 de março de 1961, Pelé marcou o tento mais bonito da história do Maracanã". Dali pra frente, gols maravilhosos como aquele passaram a ser chamados de "gol de placa".

Santos 3, Benfica 2 (19 de setembro de 1962).
Primeiro jogo do Mundial de Clubes. O Benfica tinha um time admirável, com os craques moçambicanos Eusébio e Coluna como destaques. O esquadrão desembarcou no Rio cheio de pose, e com razão: havia eliminado o poderoso Real Madrid na final europeia e se tornado bicampeão.

A Tijuca estava em polvorosa. O bairro abriga diversos clubes portugueses e os patrícios, em êxtase, se produziram como nunca para ir ao Maracanã. Depois de reforçado lanche feito por minha mãe, com direito a sanduíche tramezzino de pão de fôrma branco recheado, fomos a pé para o estádio. No trajeto, grupos folclóricos vestidos a caráter faziam zoeira, cantavam e dançavam músicas da terrinha. Uma grande festa, pá! Pelé, inspiradíssimo, marcou dois gols e Coutinho o outro, diante de noventa mil torcedores. Dois meses depois aconteceria a partida de volta, em Lisboa, quando o Santos se sagrou campeão do mundo aplicando a histórica surra de 5 a 2 no Benfica, no estádio da Luz.

Santos 1, Botafogo 3 (31 de março de 1963).
Decisão da Taça Brasil. O Santos havia vencido a primeira no Pacaembu por 4 a 3. O timaço de Mané Garrincha, Quarentinha, Amarildo, Zagallo e Nilton Santos jogou divinamente, deu o troco, 3 a 1, e provocou o terceiro jogo. A rivalidade entre os times esquentou. Mais de cem mil pessoas viram o Santos cair do cavalo no Maracanã. Garrincha estava com o diabo no corpo. Era o Botafogo comemorando contra o resto da cidade. Pela primeira vez saímos do estádio decepcionados com o Santos, mas encantados com Garrincha e a turma botafoguense.

Santos 5, Botafogo 0 (2 de abril de 1963).
Dois dias depois da vitória botafoguense, mais um daqueles jogos memoráveis. Foi a maior exibição do time santista que vimos. Dorval, Coutinho, Pepe e Pelé (duas vezes) enfiaram a bola na rede.

Do ataque, só Mengálvio não marcou, não era mesmo de fazer gols. Deu dó do Botafogo. Santos campeão!

Santos 4, Milan 2 (14 de novembro de 1963).
Jogo de volta pelo Mundial de Clubes. E o mais emocionante! Eu não estudava mais no São Bento, mas a amizade com Dudu, Ivair e Maura seguia firme, e ir ao Maracanã e ao Maracanãzinho continuava programa obrigatório.

Já trabalhava no *Jornal do Brasil*, mas, sendo estagiário, fiquei fora da cobertura. Era pauta para repórter cachorro grande, como Oldemário Touguinhó, Dácio de Almeida, Alcimar Rocha, José Inácio Werneck, Sandro Moreyra e Mauro Ivan.

Fui com a turma beneditina, nos acomodamos na arquibancada atrás do gol e demos sorte: foi na baliza em frente à gente que o milagre aconteceu.

Chovia sem parar, um dilúvio. Chegar ao estádio, uma epopeia, o rio Maracanã transbordou e as ruas em torno alagaram. O tio Vicentinho, caminhoneiro, irmão de minha mãe, foi com a gente. Entramos com as calças arregaçadas, água pela canela, sem camisa. Na entrada, compramos revistas velhas para sentar nelas na arquibancada, algumas tinham fotos de mulheres peladas. O vendedor gritava *É pra ler e sentar* e o Ivair emendava: *É pra ler, sentar e sair na mão!*

O Santos se classificou para a final contra o Milan, passando pelo Boca Juniors, vitória de 2 a 1, mas perdeu a primeira da decisão por 4 a 2, em Milão. Reverter o placar no Maracanã seria quase impossível, principalmente porque não jogariam Zito, Calvet e... Pelé. Sem Zito, substituído pelo ótimo e polivalente Lima, e sem Calvet, com bom reserva como Haroldo, tudo bem. Mas sem Pelé, só milagre!

Almir Pernambuquinho foi escalado em seu lugar. Apesar de excelente jogador, a desconfiança tomou conta dos cento e trinta e dois mil torcedores quando os alto-falantes confirmaram que Pelé seria substituído pelo endiabrado Almir.

Eu sabia que Pelé não iria jogar. Na véspera, fui com Oldemário Touguinhó ao Hotel Novo Mundo, onde o Santos se concentrava. Oldemário, repórter e muito amigo de Pelé, me apresentou: *O menino aqui começou a trabalhar com a gente. Parece que terá futuro, trouxe para ir se acostumando.* Abobalhado, não consegui dizer nada além de *muito prazer.* Foi até ali o encontro mais emocionante da minha vida, estava diante do maior jogador do planeta, podia examiná-lo dos pés à cabeça e ainda por cima ouvir a conversa. Imaginava-o mais alto, não tão forte e não tão jovem. Na despedida, passou a mão na minha cabeça e desejou sorte na profissão, não tive coragem de pedir autógrafo. Ouvi o que disse ao Oldemário na despedida: *Não vai dar para amanhã, nem consigo andar direito. Uma pena!*

O *Jornal do Brasil* deu na manchete que Pelé não jogaria, furo do Oldemário. Havia suspeita, porém, de que fosse despiste do técnico Lula para enganar os italianos, mas quem sabia da amizade do Oldemário com Pelé não duvidava: ele não iria mesmo jogar.

O desânimo aumentou com o primeiro tempo em 2 a 0 para o Milan. O primeiro gol marcado pelo ítalo-brasileiro Altafini, conhecido no Brasil por Mazzola por causa da semelhança física com o craque italiano da década de 1940, Valentino Mazzola. Somando a partida em Milão e os quarenta e cinco minutos do primeiro tempo no Maracanã, o placar estava em 6 a 2 para o Milan. O Santos teria que fazer quatro e não levar nenhum para provocar o terceiro jogo. A vaca estava indo para o brejo, desânimo total, ninguém acreditava mais na reviravolta. Mas, se não havia Pelé, havia Pepe, o canhão da Vila — dono de um dos chutes mais poderosos e certeiros do mundo.

E não é que o Santos conseguiu? Quatro gols, dois de Pepe. Tirambaços de furar a rede.

O Maracanã veio abaixo. As pessoas se abraçavam, gritavam, aplaudiam, acabávamos de assistir a um milagre, coisa do outro mundo. *Saaantos! Saaantos!* Gritávamos enlouquecidamente.

Fomos festejar o título debaixo de chuva, sim, o título. Haveria outro jogo, dois dias depois, mas ninguém queria saber. Os gritos de *Santos campeão* ecoavam pelas ruas em volta do Maracanã. Vencendo daquele jeito, sem Pelé, era campeão, sem dúvida.

Almir virou herói. Não tinha a genialidade de Pelé, mas intimidou Amarildo, que havia sido comprado a peso de ouro pelo Milan ao Botafogo. Tempos depois Almir revelou que enchera a cara de anfetaminas e estava para lá de Bagdá, doidão, durante a partida.

Santos 1, Milan 0 (16 de novembro de 1963).
Apesar de decisiva, a partida foi meio sem graça. Os jogadores, cansados, dois dias antes haviam jogado no gramado encharcado, se arrastavam no campo ainda enlameado. Foi 1 a 0 suado, de pênalti, cobrado pelo lateral esquerdo Dalmo. Pelé mais uma vez ficou de fora e foi substituído por Almir. Valeu pela festa e pela volta olímpica.

No mesmo glorioso ano de 1963, vibramos nas arquibancadas do Maracanãzinho com o bicampeonato mundial de basquete. Fomos a todos os jogos da seleção brasileira e testemunhamos atuações espetaculares de Wlamir e Amaury, que arrasaram ao lado de Sucar, Jatir, Vitor, Ubiratan, Mosquito, Waldemar, Paulista, Menon, Fritz e Rosa Branca.

Foi a geração de ouro do basquete brasileiro. Os caras faziam coisas do arco da velha! Hoje estão praticamente esquecidos, uma lástima.

A versatilidade do Amaury, de ala ou pivô; os *jumps* (arremessos por cima da cabeça a partir de um salto) e bandejas do Wlamir; os ganchos do

Ubiratan; a classe do Menon; e o malabarismo do Rosa Branca (que por pouco não se tornou um dos Globetrotters nos Estados Unidos) povoavam meus sonhos. Resolvi que seria jogador de basquete.

Fui jogar no time infantojuvenil do América. Wlamir e Amaury eram, para mim, tão ídolos como Pelé e Garrincha. O dia em que os vi treinando na quadra do América, em Campos Sales, durante o Mundial, a um palmo do meu nariz, quase tive um troço.

Como jornalista, nos anos 1990, virei amigo do Wlamir Marques, o *Diabo Loiro*, como apelidaram o maior de todos.

No time campeão mundial de 1959, título conquistado no Chile, além de Wlamir, Amaury e Algodão, craque do Flamengo, me apareceu outro ídolo: Zezinho, reserva que pouco entrava em quadra, mas era orgulho dos tijucanos.

Craque do bairro e cestinha do Tijuca Tênis Clube, Zezinho era bonito como Alain Delon e provocava arrepio nas moças, que se derretiam por ele. No auge da fama, conquistou a cantora Dóris Monteiro, uma das mulheres mais lindas e desejadas dos anos 1960.

Eu tentava imitá-lo, sem sucesso. Por mais que treinasse, não conseguia fazer igual. A única semelhança entre nós era o apelido. Na família, me chamam até hoje de Zezinho.

Quando não ia ao Maracanã, seguia com o primo Luiz Orlando e seus amigos, turfistas de primeira hora, para o Jockey Club Brasileiro na Gávea e acompanhava disputas entre o genial freio paranaense Luiz Rigoni, "o homem do violino", e os estrangeiros Juan Marchant, Francisco Irigoyen, Oswaldo Ulloa e Emigdio Castillo.

A turma conhecia filiação, distância e piso (grama ou areia) em que os cavalos se davam melhor, distinguia os jóqueis pela farda e torcia para animais do Studio Zélia Peixoto de Castro, farda branca com estrelas azuis. (Anos depois de nossa passagem pelo colégio, o espetacular jóquei Jorge Ricardo, o Ricardinho, recordista mundial de vitórias, estudou no São Bento.)

Tínhamos também outros heróis no esporte: Maria Esther Bueno, no tênis; o triplista olímpico Adhemar Ferreira da Silva; Éder Jofre, no boxe; o piloto Chico Landi; Carlson Gracie, que realizava lutas memoráveis de vale-tudo com Waldemar Santana; o húngaro Szabo, do polo aquático; Biriba, prodígio do tênis de mesa; Arduíno Colasanti, do surfe e da pesca submarina; e o nadador Manoel dos Santos.

Depois do futebol e do basquete, a diversão era ir ao cinema. Os ídolos eram James Dean, que acabara de morrer aos vinte e quatro anos, dirigindo um Porsche, Marlon Brando, Alain Delon, Paul Newman e o velho Humphrey Bogart, por causa do Ivair, que adorava imitá-lo em cenas do histórico *Casablanca*. Eu imitava James Dean em *Assim caminha a humanidade*, e fazia sucesso. Sentava num canto do pátio, olhava meio de lado e acenava com a mão direita, balançando de um lado para outro, como quem estivesse dizendo: *Está tudo certo por aqui.*

Babávamos pela ninfeta Brigitte Bardot e pelas exuberantes Sophia Loren e Ava Gardner. O queixo caía diante da beleza de Audrey Hepburn, Claudia Cardinale, Pier Angeli, Natalie Wood e Liz Taylor. A morte de Marilyn Monroe, com trinta e seis anos, foi um tremendo choque. Falou-se disso durante meses.

As elegantes e confortáveis salas de cinemas, principalmente as da cadeia Metro, ficavam lotadas. Além da Cinelândia, no Centro, a praça Saens Peña, na Tijuca, pertinho de casa, reunia o maior número de salas ao redor. Chegou a ter doze, ganhando o apelido de "Cinelândia da Zona Norte".

As tardes de quinta-feira, folga no colégio, eram deliciosas. Subia no bonde Tijuca, na Haddock Lobo, e em apenas cinco minutos estava pronto para pegar um cineminha. Na saída, me deliciava com o infalível milk-shake de chocolate do Café Palheta, ao lado do cinema Metro Tijuca.

As sessões passatempo do Cineac Trianon, no Centro, recebiam um público eclético à tarde: estudantes, office boys, funcionários públicos e desempregados que ciscavam por ali. No tempo do científico, matamos algumas aulas para ir até lá.

Atraídos pelo título, fomos em bando assistir a *Suplício do sexo*, imaginando assistir a altas sacanagens. Quebramos a cara! Era um documentário sobre doenças venéreas. Ivair, indignado, com voz de locutor, fez discurso de protesto, o que levou a plateia ao delírio.

Viemos para curtir sacanagem, mulheres nuas! E o que vemos aqui são cenas horrorosas de gente com gonorreia. É um absurdo! O título é enganoso e mentiroso. Quero meu dinheiro de volta!

Se fosse filme de sacanagem, não teriam nos deixado entrar, era proibido para menores de dezoito anos. Ainda estávamos longe disso!

O cinema ficava nos fundos de uma galeria na Rio Branco, próximo à Cinelândia, e exibia sessões contínuas de filmes curtos, intercalados por cinejornais de várias partes do mundo.

Além dos filmes, o Cineac atraía público com exibições exóticas como a do faquir Silk, nome artístico do gaúcho Adelino João da Silva. Dentro de uma urna de vidro, deitado sobre uma cama de pregos e com duas enormes jiboias enroladas no corpo, Silk se apresentava mundo afora com sucesso.

Apesar de o tio do Maura, Catalano, trabalhar como ator em vários filmes e de o tio do Carlão ser o galã Cyl Farney, o cinema nacional não gozava de prestígio entre nós. Preferíamos o glamour de Hollywood. Eu fazia concessões a filmes como *O pagador de promessas* e *O assalto ao trem pagador*.

O Cinema Novo engrenou depois que saí do colégio. Havia quem gostasse das chanchadas da Atlântida, como eu. Adorava Oscarito, Grande Otelo, Zezé Macedo, Zé Trindade e cia.

14

Recordávamos com emoção todos os bons momentos da nossa infância, não só do São Bento Futebol Clube, quando Marcus Aníbal, que não disfarçou os olhos marejados, interrompeu:

Podem parar, podem parar, tô dentro do torneio em Londres. Ainda estou em forma e acho que vai ser um barato. Coloca o meu nome aí.

Flavinho Fiuza não hesitou:

Estou nessa também. Ainda bato minha bolinha. Caminhando, então, vai ser mole!

Wilson Onça não ficou atrás:

Como não poderia? Ainda dou para o gasto. Vamos nessa, com certeza!

Com a adesão dos três craques, a coisa foi ficando mais fácil.

Salek, que virou goleiro porque adorava ver em ação Julião, do Bonsucesso, e Pompeia, do América, se manifestou:

Estou fora de forma, mas, com esse tempo pela frente, dá para melhorar. Também vou nessa.

Luiz Cabeleira, outro grande jogador, com risinho irônico, confirmou presença:

Se bobear, estou mais em forma do que naquela época. Vamos em frente!

Carlão se ajeitou no sofá de couro do belíssimo pub inglês do clube alemão e trouxe o primeiro problema:

Meu coração não anda bem. Já coloquei safena e tomo uma bateria de remédios. Não sei se o meu médico vai deixar. Mas, se não puder jogar, irei na torcida.

Dudu abriu o jogo:

Não sei se vai dar para mim. Ando com dificuldade. Outro dia, fui bater bola com um dos meus netos e senti o joelho direito. Preciso fazer alguns testes.

Éramos oito no clube, e três, inclusive eu, que também precisavam, por via das dúvidas, consultar um médico. Precisaríamos correr atrás de mais gente: Maura, Ivair, Calixto, Nove, Serginho, Molinari, Edson, Paulista e Manoel, o goleiro grandalhão, que fez nome jogando basquete no Fluminense, além do Armando, irmão do Dudu, que atuou algumas vezes na lateral esquerda, do Luiz Heráclito e do Claudinho Fiuza, irmão mais velho do Flavinho.

A comissão estava organizada: Wilson Onça, médico; Dudu, engenheiro, o mais organizado e que poderia montar planilhas de acompanhamento; Marcus Aníbal; Salek, biomédico; e eu.

Ali mesmo a comissão decidiu que todos teriam que pedir avaliação clínica aos seus médicos e mandar o resultado o mais rápido possível. Havia também a necessidade de um clínico geral para coordenar a parte médica. Por sugestão do Wilson e de Marcus Aníbal, foi escolhido o Salim, antigo craque de futebol de praia e do aterro do Flamengo, conhecido dos nossos craques. Wilson ficou de ligar para ele.

Tomamos mais algumas cervejas e nos despedimos emocionados.

O encontro seguinte foi marcado para fevereiro, depois das férias, no mesmo Clube Germânia. Dudu e Marcus Aníbal, com colaboração do Luiz Heráclito — que organiza os jantares beneditinos anuais —, iriam atrás dos que não participaram.

Voltei para São Paulo de alma lavada. O plano começava a dar certo. O que parecia delírio começava a virar realidade. E o que era muito importante: fiquei sabendo que o pessoal do Santo Inácio também estava a fim de disputar o torneio em Londres.

E foi só pôr os pés na Pauliceia para receber outro e-mail do meu filho Francisco, entusiasmado com a possibilidade de o São Bento Futebol Clube jogar o torneio:

Fala Zé!
Tudo bem?
Como andam as coisas com a turma?
Dei mais uma pesquisada e acho que o campeonato de walking football *seria mesmo bem legal para vocês.*

Esta versão de futebol está crescendo muito aqui na Inglaterra.

Dá uma olhada no site que mostra onde se pode praticar a modalidade. Já são mais de seiscentos times pelo país. O site explica as regras e organiza campeonatos regionais e nacionais, inclusive esse que vocês estão considerando.

O walking football *começou em 2011 em Chesterfield e hoje é um verdadeiro fenômeno na Inglaterra.*

Está provando ser não apenas uma maneira de gente com mais de cinquenta anos continuar ativa, fazendo exercício, mas serve também como ferramenta social, ajudando a combater a solidão e a depressão de idosos.

Muitos times têm jogadores com mais de setenta anos de idade. Pessoas que não imaginavam jogar bola novamente e que agora estão voltando aos gramados. O walking football *é popular por ser uma maneira divertida de levar uma vida mais saudável e também por proporcionar novas amizades para os solitários.*

De certa forma, é do mesmo jeito que o futebol pode ajudar a trazer o seu grupo beneditino de volta. Imagina a união entre vocês se jogarem juntos disputando uma competição internacional!

Beijo grande. Saudades
Francisco.

P.S. Após assistir a um jogo ao vivo, uma dica: como não podem correr, os passes têm que ser precisos. Então, vão treinando aí!

Encaminhei imediatamente a mensagem para todos, com a certeza de que os deixaria animados e com mais vontade ainda de disputar o torneio.

No encontro seguinte no Clube Germânia apareceu mais gente: Maura, Claudinho Fiuza, Luiz Heráclito, Nove, Armando, Molinari e Romão.

O dr. Salim, que havia recebido avaliações dos médicos, fez rápida preleção, solicitou uma bateria de exames (sangue, chapa do pulmão, teste ergométrico com esteira, ecocardiograma). Conversou separadamente com cada um e demonstrou preocupação com o Carlão, dono de várias safenas, além de diabético. Pediu ao Marcus Aníbal que parasse de fumar, e ao Molinari e ao Romão que tratassem de emagrecer.

Decidimos que, a partir do encontro seguinte, passaríamos um final de semana por mês em algum hotel numa região com clima parecido com o de Londres. O prazo final para resolver se iríamos participar ou não do torneio ficou para julho, dali a cinco meses.

A pré-inscrição foi feita pelo Dudu, com aval do novo reitor do São Bento, d. Inácio, e enviada para meu filho Francisco levar em mãos à organização do evento.

A notícia boa era que tínhamos um time. Como o *walking football* é disputado com seis ou sete na linha e um no gol, se todos topassem participar já éramos catorze jogadores, o Carlão como dúvida. Havia ainda a esperança de convencer o Ivair.

Levei uma planilha de exercícios caprichada para ajudar a turma a entrar em forma, organizada por um professor de educação física que havia trabalhado em times de futebol profissional. Expliquei a ele que se tratava de um bando de velhos enferrujados, e ele detalhou um plano especial para nós. Cada um colocou o seu debaixo do braço com o compromisso de levar aquilo a sério.

Flavinho Fiuza, Marcus Aníbal e Wilson Onça, três craques do nosso novo time, jogavam muita bola e, se quisessem, com certeza teriam sido profissionais na juventude.

Eles viveram seu auge futebolístico em momentos inesquecíveis das três mais famosas competições de futebol amador da cidade: na praia, no salão e no aterro do Flamengo.

Nas areias do Leme ao Leblon, dezenas de times se enfrentavam, levando milhares de torcedores nas tardes de sábado para assistir a partidas à beira-mar. O futebol de praia foi febre na Zona Sul nos anos 1960 e 1970.

Marcus Aníbal, magrinho, pernas grossas por causa do futebol de praia, habilidoso meia-armador, gostava de se infiltrar na área e marcava belos gols.

Menino de Ipanema criado em meio intelectual, adorava o avô, o escritor Aníbal Machado, autor de *João Ternura*, *A morte da porta-estandarte* e *Viagem aos seios de Duília* e homem encantador, que fez de sua casa, na rua Visconde de Pirajá, um grande ponto de encontro de artistas e intelectuais no Rio de Janeiro durante as décadas de 1940 e 1950.

Na casa mágica do avô se falava de artes, mas o futebol não ficava de lado.

Por incrível que pareça, eu só soube depois de adulto, através de pesquisas, que vovô Aníbal foi o autor do primeiro gol da primeira partida oficial do Clube Atlético Mineiro, o Galo, no dia 21 de março de 1909. Seu apelido era Pingo, tinha quinze anos, corpo franzino, mas muita rapidez e agilidade.

Típico menino da Zona Sul, Marcus Aníbal jogou muito futebol de praia.

Muito mais sensacional do que a bobagem atual de beach soccer, *jogado em campo pequeno com poucos jogadores, o futebol de praia no meu tempo tinha onze em cada lado, como no futebol de campo, e com a praia cheia de espectadores. Comecei a me interessar por teatro, claro, por influência de minha tia e madrinha Maria Clara Machado. Como os ensaios e apresentações coincidiam com os jogos na praia (sábado à tarde), tive de parar de jogar. Ao me despedir do pessoal, ouvi do nosso lateral esquerdo, Zé Luis:"Badeco, você virou veado?".*

Marcus Aníbal Machado de Moraes, sobrinho do poetinha Vinicius de Moraes, irmão de seu pai,

Hélius, casado com Ana Maria, uma das cinco filhas de Aníbal, ganhou inclusive poesia do tio famoso quando completou onze anos:

Marquinhos: quinhentas pratas/ Não é dinheiro demais;
Mas dá pra muito sorvete/ No Bob's ou no Morais.
Não dá pra ir a Hollywood,/ Paris, e toda essa história.
Mas dá pra ver uns filminhos/ Aí pertinho no 'Astória'.
Com elas você não pode/ Comprar yacht ou avião;
Porém, já passada a greve/ Talvez você possa (e deve!)
Comprar um bonde "Ipanema"/ Por preço de ocasião.
Não dá, evidentemente, / Pra você se casar;
Mas dá pra meter o dente/ Em muito cachorro-quente
E ainda comprar o purgante/ Para depois se tratar.
Não chega para pôr num banco/ E recolher benefícios
Mas dá pra você lembrar/ Desse seu tio Vinicius
17/6/1956

Formado em direito, Marcus Aníbal nunca exerceu a profissão. Ótimo desenhista, fez curso de teatro e gerencia o laboratório de análises clínicas do pai, em Ipanema.

Já o médico patologista Wilson Fragoso Filho, o "Onça", fazia mais gols do que Marcus Aníbal e Flavinho Fiuza porque jogava enfiado como meia ponta de lança e era mais fominha. No futebol de salão, era um azougue.

Pernas compridas, audacioso, driblava como poucos e possuía excelente visão de gol. Wilson Onça foi craque por onde passou.

Comecei no futebol de salão em 1962, no juvenil do Fluminense. Joguei na AABB e, em 1966, disputei o campeonato de adultos pelo meu Flamengo, no talvez maior time de futebol de salão rubro-negro de todos os tempos, com quatro ex-alunos do São Bento no elenco: Flávio Fiuza, Marcelo Bastos, Julinho Branco Sete e eu.

Participei de campeonatos do aterro do Flamengo nas décadas de 1960 e 1970. Fui campeão em 1971 pelo Ordem e Progresso, ganhando a final do Clube Naval. Também atuei pelo Capri (o primeiro campeão do Aterro), pelo grande M.O.R.R.O.N.E. (Movimento de oito rapazes que riem onde ninguém se entende), que aplicou a maior goleada da história do Parque do Flamengo, 47 a 0.

Dos craques do São Bento Futebol Clube, Flavinho Fiuza era o que tinha mais estilo. E se dava bem no salão, nas peladas do Aterro, na praia, no vôlei de quadra e no futevôlei.

Elegante, gentil, um galã, apesar da pouca estatura, um metro e sessenta e oito, Fiuza era a cara do Paul Newman, inclusive com os olhos azuis e cabelos loiros.

Dava inveja quando jogava pelada no recreio no colégio com sapatos de camurça do Moreira, loja badalada na travessa do Ouvidor, que fazia calçados sob medida. Fiuza virou lenda ao inventar o drible "cavalo-marinho", jogando pelos Gatos, o time do professor Pinho.

Ele ficava um pouco atrás da linha central da quadra para receber a bola lançada rasteira pelo goleiro. Então a prendia com um calcanhar e com o outro a jogava por cima dos adversários. Aí, saía correndo para pegá-la na frente e chutar para o gol. Quando acertava, saía da quadra carregado em triunfo.

O drible é conhecido como lambreta ou carretilha. A diferença para o "cavalo-marinho" é que Fiuza passava a bola por cima de todos os jogadores à sua frente.

Flavinho se destacou no vôlei como levantador do Fluminense e da seleção carioca e foi craque de futevôlei em Copacabana, posto 6, em frente à rua Joaquim Nabuco. No Aterro, Fiuza fundou o Milionários. Após dois vice-campeonatos, em 1967 e 1971, o timaço levantou o caneco mais cobiçado da época, o de campeão do Aterro, considerado a Copa do Mundo dos peladeiros. Futuro engenheiro elétrico, Flávio Fiuza Pequeno participou de todos os torneios com a camisa do Milionários.

Com eles, não teríamos como perder em Londres.

15

Os meses de março e abril correram com a turma passando fins de semana em hotéis em Penedo e Petrópolis. Dava para bater bola, fazer caminhadas, nadar, jogar conversa fora, e bebericar também.

Ficamos sabendo um pouco mais uns dos outros. Alguns, mais tímidos, não se abriram tanto. O que aconteceu com cada um durante os anos que nos separavam? Falamos de amores não correspondidos, casamentos, filhos, netos, carreiras, empregos. A maioria vivia com a mesma mulher com quem se casou fazia quase cinquenta anos. Todos haviam se aposentado. No grupo tinha médicos, engenheiros e um administrador de empresas. Fora o Marcus Aníbal, que se formou em direito. E jornalista, só eu.

A atmosfera foi aos poucos ficando melancólica. Era gostoso rever amigos antigos, trocar ideias, falar do passado, mas eu sentia, com tristeza, que os encontros, em vez de nos aproximar, nos afastavam. As diferenças de pensamento, de trajetórias e visões de mundo brotavam a todo instante. Era preciso paciência. Passei a entender ali a nostalgia que o Ivair tanto rejeitava.

Tinha de ser simpático a qualquer hora, discordar pouco de barbaridades proclamadas para não parecer sempre do contra, fingir intimidade que não havia. A turma era muito conservadora. Tive de desempenhar, enfim, um papel. Mesmo assim, não queria desistir do projeto. Já que inventara a empreitada, que fosse até o fim. A situação não era a ideal, mas dava para suportar com alguma dose de boa vontade.

Os tempos de São Bento foram recordados à exaustão, em meio a gargalhadas e brindes, comandados principalmente pelo Carlão e seu vozeirão. Fiz um pedido, atendido por todos, para evitar falar em política. O clima de Fla-Flu ideológico se instalara rapidamente, por isso o pedido. Uma das poucas unanimidades: todos disseram que não votaram no presidente eleito. Não acreditei. Alguns nem se deram ao luxo de votar. Por causa da idade, não precisavam mais.

Tudo seguia nos conformes até que, em Itaipava, numa disputa de bola, Dudu arrebentou o joelho direito. Rompimento do ligamento cruzado. Quando voltou ao Rio, soube que teria que passar por uma operação.

Não disse que batendo bola com meu neto havia sentido uma dorzinha? O joelho, infelizmente, não dá mais no couro.

A contusão do Dudu me abalou. Ele era um esteio do projeto, um dos fundadores do time, a enciclopédia viva das nossas partidas. Quase desisti, mas ele insistiu para eu não desanimar, que levasse até onde desse, que esticasse a corda ao máximo.

É um sonho seu, não saia fora. Ainda há grande chance de dar certo!

E Salek, nosso único e bravo goleiro, no mesmo dia fraturou o braço esquerdo num lance bobo. Mais um golpe terrível, não havia outro. Ele teria que se recuperar a tempo.

Fui sentindo imensa fragilidade. Chega uma hora cruel em que não adianta caminhar pelas manhãs, fazer musculação, tomar vitaminas, ir regularmente aos médicos. O destino já está traçado. Pode-se adiar um pouquinho o desfecho final, mas contra a velhice e a morte não há remédio. O Nelson não era forte que nem um touro? Gordinho, é verdade, mas pegava no gol, se exercitava, um atleta para a idade. Caiu duro jogando bola com os amigos.

Havíamos realizado três treinos com bola e apenas um amistoso com as regras do *walking football*. Estranho não correr, apenas andar com a bola. O pessoal estava se adaptando direitinho. Os craques Wilson Onça, Flavinho Fiuza e Marcus Aníbal se destacavam, e não podia ser diferente. Flavinho Fiuza ensaiava às vezes o "cavalo-marinho", mesmo sabendo que no torneio não poderia executá-lo, porque as regras não permitem, mas ele gostava de se exibir. A gente aplaudia.

Demos show no amistoso, foi emocionante. O time adversário, formado por gente da nossa idade, com inestimável reforço de três moços bons de bola, não deu para o gasto. Ganhamos de 5 a 0: Fiuza fez dois, Marcus Aníbal um e Wilson Onça também dois. Cabeleira e Maura, como volantes, não deixaram os caras entrar na área. O time jogou assim: Molinari, de goleiro improvisado, Nove (Sica) e Romão (Armando); Maura (Claudinho Fiuza), Cabeleira e Marcus Aníbal; Wilson Onça e Flavinho Fiuza (Luiz Heráclito).

Dudu, Carlão e eu ficamos de fora. Nos treinos com bola, eu jogava alguns minutos, mas nesse dia não quis arriscar. Dudu nem isso, e Carlão havia sido definitivamente vetado pelo dr. Salim.

O Salek talvez tivesse tempo de se recuperar, mas o Dudu, com o joelho estourado, certamente não teria. Baixas importantes.

Mesmo assim, foi marcado um encontro-treino em um hotel-fazenda em Pedro do Rio, perto de Petrópolis. Depois desse, restaria apenas o derradeiro, no Clube Germânia, quando fecharíamos a questão de ir ou não para Londres.

De volta a São Paulo, meu filho Francisco, animado com a possibilidade de o São Bento participar do torneio, mandou outro e-mail:

Oi, Pai,
Parece então que o negócio está ficando sério.
Muito legal! Eu vou me programar para tirar folga
nos primeiros dias de vocês aqui, para ajudar com
tudo, depois, durante o torneio, vou filmar os jogos
para fazer uma reportagem sobre a aventura. Ficaria
bem legal, é uma baita história, especialmente porque
o walking football *é pouco conhecido no Brasil.*
Em termos de logística as coisas estão indo bem.
Temos opção de hotel perto do Hackney Marshes,
local da maior parte da competição; Premier Inn é
uma rede bem em conta e confortável, além de outros
três que seriam bons de ficar, todos no leste de Londres.
Tem também em Dalston, perto daquela feira africana que levei você (Ridley Street), área bem
animada, cheia de bares e restaurantes. Há outro em
Hackney Central, mais perto, mas a região não é legal
(à noite pode até ser perigosa). Ou também em Angel,
opção um pouco mais distante, um lugar que você
conhece bem.
Tem também hotel tipo Holiday Inn em Stratford, no parque Olímpico, mas o local ainda está meio
sem alma, fica dentro de um enorme shopping e acho
que não combina com vocês.
Para o transporte, tem a opção de vans, com o
Chico, conhecido brasileiro que monta tendas para

eventos e tem uma bem legal. Se ele não puder, falei com um conhecido turco, Arkan, que trabalha com táxi na minha região e tem como arranjar um micro-ônibus.

Meu amigo Oli Hamdi tem um primo do Iraque, refugiado de guerra e médico especialista em futebol. O Mohamed trabalhou em um time em Bagdá antes da queda do Saddam. Ele está animado em nos acompanhar e cobraria quase nada, porque adora brasileiros. Pensa que será um time masters do Brasil de 1980, com Zico, Falcão, Cerezo etc.! kkkk.

Eu disse que você foi amigo do Sócrates e ele ficou doido. Estou tentando acalmar as expectativas. Mas o cara é gente fina.

E o Marcelo, fisioterapeuta e massagista do Chelsea, vai recomendar alguém jovem e legal para ficar junto ao Mohamed e fechar uma equipe médica de alto nível (algo me diz que vamos precisar!).

As coisas estão encaminhadas. Pensa sobre o hotel e me avisa.

Bj, Francisco

Mantive a rotina e me cuidei. Seguia a planilha de exercícios fazendo longas caminhadas. Coloquei pé no freio nas comilanças e no vinho, queria estar em forma!

Cortei idas a um restaurante italiano perto de casa, aonde ia pelo menos duas vezes por semana, reservei a garrafa de vinho para fins de semana, e nada de doces. Contratei um massagista japonês, seu Paulo, que cobrava baratinho e punha tudo no lugar, pelo menos durante um tempo.

Foi aí que aconteceu o pior.

16

Todos nós sabíamos da situação frágil do Carlão. O dr. Salim havia alertado, mas ele não estava nem aí. Bebia muito, comia com sofreguidão. Era um boêmio inveterado e tremendo boa-praça.

Ele se sentiu mal quando assistia a um de nossos treinos. Gostava de ficar debaixo de alguma sombra junto aos campinhos, tomando cerveja e despejando incentivos e provocações para a turma.

Vamos lá, corre mais, Maura, você tá muito gordinho.

Fiuza, deixa de frescura e põe a bola no chão.

Onça, mostra que você é bom andando ou correndo.

Não deu nem tempo de ajudar. Ele caiu ali mesmo, diante de todos, fulminado por um infarto.

Um homenzarrão com um metro e noventa, cem quilos, era muito forte e encarava qualquer parada. No colégio, era o único que batia de frente com o violento Filinto, sobrinho do Filinto Müller, temido militar que torturou muita gente no governo Vargas e enviou Olga Benário, mulher de Luís Carlos Prestes, para o Führer. Filinto era forte como um touro.

Durante anos guardou-se a expectativa de uma briga entre Carlão e Filinto, o que nunca aconteceu. Teria sido emocionante como os duelos de vale-tudo entre Carlson Gracie e Waldemar Santana. Os dois se respeitavam, para decepção de quem queria ver o circo pegar fogo.

O enterro do Carlão foi concorrido. Conversador, inteligente, fazia ponto diariamente no Bracarense, no Leblon. Tinha muitos amigos na música, muitas vezes subia o morro da Mangueira para bater papo com Cartola, Nelson Cavaquinho e Carlos Cachaça, unha e carne com ele. Mas estava gordo e com o coração fraco.

Antes da história do torneio em Londres, eu o encontrara havia uns trinta anos. Passamos a noite tomando chopes e batucando sambas históricos na mesa do Lamas, no Flamengo. Carlão sabia todas as letras de cor.

Antes de o caixão descer, cantamos o "Zum zum", de Paulinho Soledade e Fernando Lobo, sucesso na voz de Dalva de Oliveira nos anos 1950.

Oi zum, zum, zum/ zum
Tá faltando um
Bateu asas e foi embora/ Não apareceu...

Foi um dia em que esquecemos as diferenças e choramos abraçados. A tristeza baixou no grupo e o ambiente ficou pesado.

O encontro de Pedro do Rio foi um desastre. Não bastassem a morte do Carlão e as contusões do Dudu e do Salek, Marcus Aníbal e Cabeleira torceram o tornozelo e eu me senti mal durante um bate-bola, com leve taquicardia. O astral, que andava baixo, piorou, os planos pareciam estar indo para o vinagre.

No Clube Germânia, a reunião lembrava encontro de ex-combatentes de guerra: Salek se recuperando da fratura no braço, Dudu de muletas, Marcos Aníbal e Cabeleira mancando, eu sob observação médica. E o clima ruim pela morte do Carlão. Pedi uma rodada de cerveja e abri a reunião, tenso. O clima estava diferente do da primeira vez.

Falei das providências práticas que meu filho tomaria em Londres, conforme o último e-mail, como aluguel de vans, hotel e alimentação, e exaltei a alegria de conviver com antigos colegas e louvei a esperança de podermos viajar juntos.

Dudu disse que gostaria de ir, mas não poderia jogar, e que talvez tivesse problemas em viajar. Cabeleira, com a voz embargada, falou que a temporada com o grupo havia sido maravilhosa e que poderíamos manter os encontros, sem precisar ir para Londres.

Não gastaríamos tanto dinheiro indo viajar. Podíamos formar uma turma bem legal de velhinhos do São Bento Futebol Clube por aqui mesmo.

A ideia do Cabeleira prosperou. Ganhou adesão do Maura, do Luiz Heráclito, do Molinari e do Salek. Assim, não teve jeito, o negócio foi partir para a votação.

Wilson Onça fez defesa entusiasmada da viagem.

Em Londres, poderíamos vingar nossas derrotas para o Santo Inácio, por aqui dificilmente isso irá acontecer, argumentou ele.

Quem sabe não possamos desafiá-los? Não precisaríamos viajar. Em campo neutro, de preferência, respondeu Luiz Heráclito, reforçando a sugestão do Cabeleira.

Levantamos os braços, um grupo de cada vez, e o resultado ficou aparente de cara. Por nove votos a seis a viagem para disputar o torneio em Londres foi derrotada. Ninguém aplaudiu. Clima estranho no ar.

Merda! Merda!, gritei.

Vieram me consolar.

Não fique triste, nos divertimos muito e vamos continuar. A ideia era boa e ousada, e por causa dela tenho certeza de que daqui para a frente iremos nos encontrar bastante, disse o Maura, como se discursasse.

Na verdade, fiquei triste, sim, mas nem tanto. Andava com a pulga atrás da orelha de uns tempos para cá. As desavenças políticas criaram um clima de animosidade, as diferenças afloraram entre as pessoas, a situação estava meio constrangedora. Algumas pessoas não percebiam. Eu andava em dúvida se era mesmo bom negócio disputar o torneio.

Depois de algumas rodadas de cerveja, sugeri que a despedida fosse no dia seguinte, domingo, dia de missa na igreja de Nossa Senhora de Montserrat.

Vamos à missa no São Bento, como nos tempos de criança. Se deixarem, tomamos café com leite com pão e manteiga no refeitório com os alunos, tiramos fotos e vamos embora. Vamos voltar para onde tudo começou.

Fui aplaudido. O encontro, talvez o último de nossas vidas, estava marcado.

Velho agnóstico, tive a ideia de irmos à missa só para reviver os primeiros passos do São Bento Futebol Clube e, depois dela, dar os trâmites por encerrados. Criado em ambiente católico, perdera a fé havia muito tempo!

Passei a noite em claro. Tentava recordar casamentos e raras missas de sétimo dia. Coloquei muito poucas vezes os pés em alguma igreja durante os cinquenta e tantos anos que me separavam da última vez na Nossa Senhora de Montserrat.

Não teve jeito. Insone, me lembrei do mestre Eduardo Galeano:

O catecismo me ensinou, na infância, a fazer o bem por interesse e não fazer o mal por medo. Deus me oferecia castigos e recompensas, me ameaçava com o inferno e me prometia o céu: eu temia e acreditava. Passaram-se anos. Eu já não temo e não creio.

17

A missa já havia começado quando o grupo se juntou em frente à igreja. Do lado de fora, se ouvia a música do órgão.

Entramos rapidamente, passando pelos três portões de ferro fundido, pisando em mármore, atravessando portas de canela-cravo, jacarandá e mogno, e outra imensa, de sete metros de altura, que segura a corrente de ar que penetra pela porta principal.

Como se estivéssemos entrando na máquina do tempo, demos de cara com o esplendoroso altar-mor, construído nos anos 1600. Ainda deu para ouvir o canto de boas-vindas dos monges, acompanhado pelo som extraordinário do órgão de tubos:

Irmãos, reunidos no altar
celebremos o Cristo que vem
Nosso Deus vem o amor garantir
nossa humanidade assumir.

Éramos catorze, e nos separamos em duas fileiras. No banco da frente, Maura, Dudu, Salek, Luiz Heráclito, Cabeleira e Marcus Aníbal, como uma barreira do nosso time de futebol. Vendo-os de costas, lamentei a história de a viagem não ter dado certo. Observando a cabeleira branca do Dudu, tentei fazer as contas de quantos anos se passaram desde a última vez em que estivemos ali juntos.

Cinquenta e sete anos? Cinquenta e nove? Não importava.

A vista foi ficando embaçada.

Enquanto a missa se desenrolava com seus cânticos, cheiro de incenso e o ruído do ajoelha, senta e levanta dos fiéis, fui ficando com a boca seca, senti o suor umedecer a camisa e uma leve tontura. Parecia que uma súbita febre me pegara.

Era como eu me sentia, quando menino, nas missas dominicais.

Meio desfalecido, respirando com dificuldade, sufocado pelas nuvens de incenso, tive a sensação de me desprender do corpo e flutuar, sobrevoar a belíssima nave central, recortada por arcos, com a talha em cedro recoberta de ouro fino vindo de Minas Gerais.

Dei rasante junto ao altar com imagens de Nossa Senhora de Montserrat, de São Bento e de sua irmã Santa Escolástica, que traz na mão esquerda um livro de prata, representando a Regra de São Bento.

Lá do alto curtia a cena e, como Guido, personagem cineasta de Mastroianni em *Oito e meio,* do Fellini, disfarçava um risinho safado no canto da boca.

Tentei me recompor, enxuguei o suor da testa, respirei fundo. Pensava ter saído do torpor, que nada! Ainda ofegante, sentado no banco, vi a turma se transformar em um bando de meninos de calça curta cinza e camisa azul-clara, fazendo zoeira, abafando risinhos com as mãos, sob olhares reprovadores de d. Lourenço, d. Irineu e d. Crisóstomo.

Achei que iria desmaiar, atormentado e confuso entre voos imaginários e visões do passado. Aguentei estropiado e exaurido até a hora em que o padre deu a missa por terminada:

Abençoe-vos, Deus todo-poderoso, Pai e Filho e Espírito Santo.

Amém!

Glorificai o Senhor com vossa vida, ide em paz e o Senhor vos acompanhe.

Graças a Deus!

Dissimulei como pude meu mal-estar e segui com a turma para tomar café no refeitório do colégio, ao lado da igreja. Os meninos, curiosos, pediram para fazer selfies.

Demorei a entrar no prumo!

Depois do café subimos até o campinho de terra, onde o São Bento Futebol Clube deu os primeiros chutes. Os alunos o chamam de *campão*, e está praticamente no mesmo lugar. Não havia ninguém por lá. Aproveitamos para tirar fotos com camisas brancas de mangas compridas, presente do Dudu, com nomes nas costas e brasão do colégio no peito. Homenagem ao velho pai Rubens, que financiou o primeiro uniforme.

A despedida foi ali mesmo no campo, entre promessas de reencontro e juras de amizade eterna.

Comovido, fui até os fundos do mosteiro contemplar a bela vista da baía.

Extasiado com a paisagem, fiquei um tempão observando o sobe e desce dos aviões no aeroporto, o movimento dos carros na Rio-Niterói, as barcas apinhadas de gente rumando para Niterói e Paquetá, os barquinhos com velas infladas, os barcos dos pescadores com motores barulhentos e os navios da Marinha aguardando a hora de desembarcar.

Do alto, não se percebem a poluição e o fedor. De longe, a baía continua esplendorosa.

Gostava de ir atrás da casa dos monges, não apenas por causa da paisagem, mas para conviver com o quartel-general de lagartixas, rãs, passarinhos, musgos e caracóis, quintal parecido com os que a gente encontra nos livros de Manoel de Barros.

Acho que o quintal onde a gente brincou é maior do que a cidade. A gente só descobre isso depois de grande.

Frustrado pelo plano da viagem a Londres ter ido por água abaixo, desviei o olhar para o entorno do mosteiro. Achei estranho. As obras do novo colégio mudaram tudo, reconheci pouca coisa. E me perguntei:

O que estou fazendo aqui?

O estacionamento dos ônibus, onde era mesmo? O ginásio de esportes ficava por aqui, eu acho. O pátio de terra onde jogava bola de gude virou isso aí?

Sobrou quase nada. Fora o mosteiro e a igreja, tudo foi remexido, revirado. O velho Colégio São Bento estava sepultado. Não havia mais o que fazer ali.

Hora de ir embora.

Desci a ladeira com andar arrastado, com a certeza de ser a última vez que punha os pés ali. Fiz a despedida com calma, sem afobação.

O menino tijucano dava definitivamente lugar ao velho jornalista aposentado.

Tentei causar para existir. Não deu, fazer o quê? Que fique pra outra. Será que ainda vai dar tempo?

Voltei para a vidinha sem graça na Mooca.

Ainda assisto a partidas do Moleque Travesso na Javari, caminho sem pressa pelas ruas do bairro e de vez em quando me reúno com os três velhos amigos jornalistas.

Costumo cruzar com o Zé Bigode, ainda desempregado. Nos dias de jogo traço uma esfirra, um pedaço de pizza e os canollis do Antônio no estádio Rodolfo Crespi, do jeitinho que fazia antes da história de o São Bento Futebol Clube tentar jogar o *walking football*.

Continuo com saudade dos filhos e das netas lá de Londres, e continuam as lamentações sobre a vida e a política na banca de jornal do Alex. A vidinha segue devagar.

No torneio de futebol de botão no barzinho do Antero houve alteração importante e fundamental. O time mudou e agora joga de uniforme inteirinho branco. E, quando entra em campo, é anunciado com entusiasmo:

Senhoras e senhores, adentra o gramado do Anterão o orgulho dos estudantes beneditinos. Time campeão por onde passa. Agora mesmo, em Londres, quando se confrontou com colégios católicos do mundo inteiro, ficou com o caneco.

Nesta formosa tarde o time vai com o elástico Salek, o homem-borracha; Trajano, o velho capitão; Dudu, o beque elegante; Mário Benício, o polivalente; e Ivair, o lateral filósofo; o meio-campo tem Maura, baixinho valente; Cabeleira, experiência em pessoa; e o genial Marcus Aníbal, o sobrinho do poetinha; na frente, segura… o craque Wilson Onça, o endiabrado; Nove, o artilheiro que não perdoa; e Flavinho Fiuza, o craque-galã, o homem do cavalo-marinho.

Técnico: o locutor que vos fala, mas pode me chamar de Jorge Vieira;

Presidente: seu Rubens, o paizão;

Patrono: d. Timóteo, o monge-amigo.

Salve os inesquecíveis campeões do glorioso São Bento Futebol Clube!

Pelos lados da Mooca dizem que o time é sensacional!

Quase invencível!...

... Quase.

Epílogo

Resolvi dar um tempo aqui em Lisboa, não sei até quando.

A Romina virá me visitar.

Com o resultado das eleições e a vitória do sujeito mais reacionário, ridículo e bobalhão, aquilo lá virou um sanatório geral e achei melhor olhar de fora, bem de longe, para não sofrer demais. Não estava aguentando sair às ruas e encarar as pessoas. Ficava me perguntando: *Quantos desses aqui votaram no filha da puta?*

A vontade é nem voltar para a Mooca e me mudar de vez para a Tijuca, minha aldeia. Ou então ficar aqui para sempre.

Se o dinheiro der, quem sabe?

Em Lisboa está caro, mas morar em Almada, do outro lado do Tejo, ou em Santo Amaro de Oeiras, praiazinha gostosa da linha de Cascais, não é má ideia.

Aluguei um pequeno apartamento no aconchegante Príncipe Real, acima do Bairro Alto e do

Chiado. Da arejada janela da sala, onde o sol bate pela manhã trazendo a brisa gostosa do Tejo, dou de cara com a pracinha que lembra a da Afonso Pena, na Tijuca.

Faço minhas caminhadas matinais ali, cumpro rotina aqui também. Depois de umas três voltas em torno do bem cuidado jardim, passo na banca de jornal, compro o *Público*, peço uma bica e uma tosta mista (presunto e queijo) no quiosque e me sento num banco para ler. Depois de devorar as notícias, me ponho a sonhar de olhos abertos.

Nos dias de verão, aproveitando a sombra do imenso cedro-do-buçaco de vinte metros de diâmetro, a maior atração da praça, fico sonhando com a infância na Tijuca, com a fazenda em Rio das Flores, com as partidas do América no antigo Maracanã, com amores perdidos pelas estradas. Além dos velhos sonhos inúteis. Às vezes falo sozinho ou converso com os pássaros que habitam o lugar. Tenho a sensação de que alguns por aqui acham que não regulo bem da cabeça.

Numa das esquinas da praça está a Tascardoso, pequeno restaurante onde faço as refeições e jogo conversa fora com os donos, muito simpáticos. O peixe é sempre fresco e, aos sábados, servem cozido com grão-de-bico e couve, que adoro. É de lamber os beiços!

Um dos proprietários, o Tavares, português rechonchudo e de bochechas avermelhadas, morou no Brasil quando jovem e adora lembrar histórias que viveu no Rio de Janeiro. Ele serve de graça doses de Amarguinha, um licor de amêndoas, após o almoço de sábado. Como é pão-duro, oferece só aos sábados.

Sem pressa, quero me banhar na poesia do Tejo e acompanhar o seu caminho para o Atlântico. Rodopiar na brisa leve de Cascais, me atirar no mar do Algarve, beber o vinho do Alentejo ou do Douro, me emocionar e chorar ao ouvir Zambujo e Carminho, ficar a ver navios imaginários no mercado da Ribeira, assistir ao Belenenses jogando no Restelo, o estádio mais bonito do mundo, e comer sardinhas assadas em Matosinhos, no Porto.

Depois do fracasso da viagem para jogar futebol com os ex-colegas do São Bento e da falta de paciência para conviver com os contrários do outro lado do Atlântico, passei a ver fantasmas.

Fico imaginando como será o meu destino final, que não deve estar longe. Fugirei por quanto tempo? Quando chegar a hora, espero que não doa. A aorta está me deixando sem dormir.

Temo a morte vinte e quatro horas por dia. Além dos fantasmas, delírios me deixam arrepiado: quase sempre vejo uma imensa onda tentando me engolir e fujo, correndo para a areia.

Até quando terei pernas fortes para me desvencilhar?

O mar, traiçoeiro, pode me surpreender pelas costas. As pernas estão perdendo a força, vivem dormentes.

Gostaria de morrer em nome de alguma coisa, como desejava Fernando Sabino, e assim como ele não creio que mereça tanto.

Quando vou de comboio ao Alentejo com destino a Évora e contemplo pela janela envidraçada a planície forrada de oliveiras e castanheiras, carrego comigo a infância na fazenda em Rio das Flores, pedaço de mundo de mais de duzentos alqueires, divisa do Rio com Minas, serpenteada pelo rio Preto. Lá caminhava sozinho pelas estradas de terra, subia e descia a pé morros desertos ou cobertos de plantações de milho, cana-de-açúcar e café, tomava banho nu no riachinho, fumava escondido deitado na grama procurando as Três Marias no céu, passeava de carro de boi, ordenhava leite no curral, comia jabuticaba no tronco da árvore, pegava carrapato no saco e voltava para casa com bicho-de-pé (que a vó tirava depois do banho com a ajuda de uma agulha).

Quando caminho como verdadeiro alfacinha pelas ruas lisboetas, pisando em pedras portuguesas, me imagino ciscando pelas ruas da Tijuca, ali entre a Mariz e Barros e a Haddock Lobo, e me lembro do Aldir: *O tijucano não tem salvação. Pode fingir, fugir, mudar, inventar, mas será sempre tijucano. Mesmo que o corpo disfarce, a alma, como o criminoso, como o filho pródigo, voltará sempre à Tijuca.*

Já que estou remoendo lembranças beneditinas, forquilhenses e tijucanas, exatamente numa mesa de madeira e mármore do Café A Brazileira do

Chiado, em frente à livraria mais antiga do mundo, a Bertrand, e onde Fernando Pessoa costumava pensar na vida diante de uma bica, coloco ponto final nesta história com uma de suas citações tão oportunas:

Tudo que é bom dura o tempo necessário para ser inesquecível.

Ah, o torneio em Londres de *walking football* acima dos sessenta e cinco anos não foi disputado. Não recebeu inscrições suficientes. A turma do Santo Inácio desistiu quando soube que não iríamos.

ESTA OBRA FOI COMPOSTA PELA ABREU'S SYSTEM EM ADOBE
GARAMOND E IMPRESSA EM OFSETE PELA LIS GRÁFICA
SOBRE PAPEL PÓLEN BOLD DA SUZANO PAPEL E CELULOSE
PARA A EDITORA SCHWARCZ EM FEVEREIRO DE 2018

A marca FSC® é a garantia de que a madeira utilizada na fabricação do papel deste livro provém de florestas que foram gerenciadas de maneira ambientalmente correta, socialmente justa e economicamente viável, além de outras fontes de origem controlada.